어, 중간의
사용라이프

Using-life

어, 중간의
사용라이프

어찌 에세이

목 차

Prolog. 중간 이야기가 필요해

: 맥시멀라이프와 미니멀라이프 사이의,

  사용라이프

자본주의는 소유하라며

'가지라'고 외친다.

한편에서는 삶의 주체가 되라고

'비우라'고 속삭인다.

이상하다. 왜 어디에서도 정작

'사용'의 소리는 들려주지 않을까.

\#

　문득문득, 세상에 이토록 수많은 인간이 살아간다는 것에 새삼 놀라곤 한다. 그 많은 이들 각자가 저마다 사정이 있다는 사실을 떠올리면 경외심도 들지만, 한편으로는 약간 징그럽기도 하다. 작고 소중한 인간관계를 간신히 지탱하는 내게 세상 인간사는 과하게 많고, 정신없이 빠르다.

　수많은 사람들의 사정은 이야기가 되어 각종 SNS를 타고 휘몰아쳐서 정신을 차릴 틈을 주지 않는다. 사진과 영상, 음성을 타고 전해지는 감동과 분노의 이야기들. 사랑과 혐오, 질투와 안쓰러움, 좌절과 성공. 그런 충만함과 동시에 공허한 이야기들이 세상에는 너무 많다.

　지나치게 많아서일까? 그 많은 이야기의 대부분은 중간 내용이 삭제되거나 요약되어

시작과 결말만 남은 채다. 빛나고 자극적인
성공담일수록 더욱 결말만 반짝인다.

그런 이야기를 보다 보면 뭐랄까, 마치
서사가 전혀 쌓이지 않은 로맨스 영화를 보는
기분이랄까.
'침실에서 (갑자기) 그윽한 눈빛으로 서로
바라보더니, (갑자기) 격렬한 키스를 하며
화면이 어두워지고, (갑자기) 짠, 아침이
되었습니다.'라는 식이다.
나는 황망하여 중얼거렸다. "아니, 이거
지금 나만 이해 안 되는 거야?"
열렬한 키스로 시작한 이야기의 '기'와
함께 사랑을 나누고 아침을 맞이한 '결'이
있으니, 그 과정의 뜨거운 '승전' 따위는
중요하지 않다는 걸까. 세상 사람들의 멋지
고 행복한 승전 빠진 승전보를 들으며 나는
고개를 갸웃거렸다.

#

토사 후, 알고리즘은 날 미니멀라이프와 제로웨이스트 이야기로 이끌었다. 버리고, 비우고, 최소한으로 머무는 공간은 너무나 매력적이었다. 이거야말로 내가 살고 싶은 모습이라고 생각했다. (나는 너무나 쉽게, 이리저리 아주 잘 휘둘리는 인간이다.) 그들의 이야기 그대로 물건을 버리기위해 커다란 쓰레기 봉투를 준비했다.

그러나 미니멀라이프라는 새로운 이야기를 쓰려고 자리 잡은 지 채 몇 분도 지나지 않아 중얼거리는 나를 발견했다. (나는 잘 휘둘리는 주제에, 또 중간 이야기 없이는 결말을 받아들이지 못하는 미련 많은 인간이기도 했다.)

— 이건 아직 충분히 쓸 수 있는데?
— 플라스틱이라는 이유만으로 이미 산

쓸만한 물건을 버리고, 새롭게 친환경
제품을 사는 게 정말 친환경이고 제로
웨이스트가 맞나?

도저히 쓸 수 없는 물건만 담았을 뿐인데
이미 풀(full)웨이스트였다. 여기서 쓸만한
물건까지 버리는 건 제로는커녕 오버(over)
웨이스트에 가까워 보였다.
맥시멀의 삶은 숨이 막혔는데, 미니멀의
삶은 불안하고 머뭇거려졌다.
이리저리 생각의 추를 왔다 갔다 반복하다
문득, 중간 지점에서 질문이 떠올랐다.
– 그러고 보니 나, **물건을 끝까지 다 쓴
적은 있나?**
글쎄. 거의 없었다.

대기업은 일단 소유하기만 한다면, 행복은
자연스레 따라오는 것처럼 '가지라'고 외친다.

한번 사는 인생 다 누리고 살아야 한다고.

다른 한쪽에서는 물건에 얽매이지 말고 '비우라'고 속삭인다. 버리고 비워서 진짜 삶의 주인이 되라고.

이상하다. 왜 어디에서도 정작 '사용'의 소리는 들려주지 않을까.

그들의 결론에 묻고 싶었다. 새로운 걸 갖지 못하면 인생을 누리지 못하는 건가요? 꼭 비워내야만 진짜 삶인가요? 함께 동거하는 방법은 없나요? 아니 일단, 이미 산 물건은 대체 어떻게 해야 하나요?

분명 시작은 사용을 위해 물건을 들였을 테다. 끝은 더 이상 사용할 수 없는 걸 버리는 것일 테고. 제대로 된 물건의 들임과 비움은 그게 맞는 거 아닐까.

#

나는 삶을 가득 채우는 맥시멀도, 가뿐히 비우는 미니멀도 실패했다.

대신, 어중간한 나는 내 깜냥대로 어중간한 생활을 해보기로 했다. 맥시멀라이프도 미니멀라이프도 못 사는 인간이니, 물건의 들임과 비움 중간에서 '사용'라이프를 살아보자고.

사용라이프가 이 자체로 결말이 될지, 그 끝이 성공일지 좌절일지 아직은 알 수 없다. 어딘가에 휘둘려서 '이런 삶을 살겠어!'라고 외칠지도 모른다. 무엇보다 이야기의 끝이 요원해 보인다. 집에 쌓여 있는 물건은 너무 많고, 나는 워낙 어중간하니까.

그래도 하다 보면 정신없던 '기'와 '결' 사이에서 뜨겁지는 않아도 적당히 미적지근한,

노곤한 '승전'의 서사 정도는 쌓아갈 수 있지
않을까, 기대해 본다. 미지근하고 느린 중간
이야기야말로 내가 듣고 싶은 삶이니까.

SALE

1. 맥시멀라이프가 아닌

: 이야기의 시작점, '들임'의 멈춤

철저한 유물론자가 되었다.

물건이 내 존재를 증명해 줄 것처럼 밤마다

벌건 눈으로 퍼런 핸드폰 화면을 보며 구매

버튼을 눌렀다. (...) 물건을 사면 살수록

내 세계는 쪼그라들었다.

\#

누가 그랬던가.

    – 물건을 많이 사봤으니까 미니멀
      라이프도 하는 거지!

모든 미니멀리스트가 그렇지는 않겠지만 일부에겐 맞는 말일지도 모른다. 안타깝게도 예를 들면, 나 같은 인간.

하지만 나와 함께 묶이기에는 위의 미니멀리스트분들이 억울할 것이니, 예시에서 빼는 게 맞겠다. 나는 그 말의 일부에만 들어맞는 반쪽짜리 예시다. '많이 사봤던'은 맞지만 '미니멀라이프'에는 장렬히 실패하고 말았으니까.

어쨌든 전직 맥시멀리스트였던 건 부인할 수 없는 사실이기에, 그 반쪽짜리 이야기로 시작해야 할 것 같다.

#

본격적으로 돈벌이를 하기 전까지만 해도 내 수집욕은 귀여운 수준이었다. 다이어리 꾸미기, 일명 '다꾸'에 빠져 각종 문구류를 보통 사람들보다 아주 조금 다양하게 담은 정도였다. 여러 색의 펜, 같은 색이지만 다른 디자인의 펜, 같은 색과 디자인이지만 두께와 질감이 다른 펜을 사들였다. 비슷한 식으로 메모지, 랩핑지, 스탬프, 잉크, 끈과 비즈 등도 들였다.

"너 죽으면 그것들하고 같이 묻힐래?"
부모님의 타박에 당당히 반박했다.
"이 예쁜 것들을 왜 묻어? 이 정도면 왕릉은 만들어 줘야지!"

나는 매일 아침저녁으로 종이를 오리고 접고 쓰다듬고 붙였다. 사는 속도를 못 따라 가긴 했지만, 열심히 사용은 했던 셈이다.

둔제는 회사에 다니면서 시작됐다.

나인투식스(9시~6시)라는 출퇴근 시간은 가볍게 무시되었다. 혁신과 전복의 미덕에 꽂힌 건지 포스트모더니즘적 시스템을 도입한 회사 덕분에 식스투나인(6시~9시) 출퇴근을 했고, 때로는 창조적 파괴를 적용하는 바람에 세븐일레븐 (7시~11시) 출퇴근을 할 때도 있었다.

눈 뜨는 것만으로도 일이 되다 보니, 당연하게도 아침저녁으로 행복하게 다이어리를 꾸미는 시간은 쪼그라들어 사라졌고, 그토록 애정하던 종이는 종이 '쪼가리'로 보이기 시작했다.

좋아하는 마음이 무감각해지는 걸 견딜 수 없었다. 그건 내 안의 무언가 마멸되는 기분이었다. 텅 빈 곳을 채워야만 이 물질 세계에 간신히 존재할 수 있을 것 같았다. 철저한 유물론자가 되어, 마치 물건이 내

존재를 증명해 줄 것처럼 밤마다 벌건 눈으로
퍼런 핸드폰 화면을 보며 구매 버튼을 눌렀다.
물건의 범위는 취미를 넘어 각종 생활 용품
까지 넓어졌다.

　물건을 빼곡히 세웠다. 구석구석 구겨가며
테트리스 벽돌을 쌓듯이, 오만한 인간이 바벨
탑을 세우듯이 물건 벽을 올렸다. 공간이 없
다고 포기하지 말지어다. 먼 옛날이야기의
시시포스가 돌을 올리듯, 제 아무리 배불러도
디저트 배는 따로 있듯, 물건 둘 공간은 어떻
게든 다시 생기는 법이니까.

　개똥철학은 오래 가지 못했다. 언제부터
일까. 정작 택배가 와도 상자를 열기조차
귀찮아 방구석으로 쭉 밀어버렸다. 주말이
되어서야 지겨운 표정으로 업무를 처리하듯
일주일 치 택배 상자를 몰아 하나하나 뜯었
다. 상자를 버리고, 물건을 쌓았다.

'이것만 있으면 나도 청소할 거야.'라며 산 밀대는 베란다 구석에 세워져 의미 없는 배경이 되었다. 배경. 배경. 배경. 물건도 배경. 나도 배경. 물건은 어느새 나를 구석으로 몰았다. 나는 사용할 엄두도 내지 못한 채 속수무책으로 밀려났다. 물건을 사면 살수록 내 세계는 쪼그라들었다. 굴러들어 온 돌이 데굴데굴 제 몸집을 집채만 하게 불려 박힌 돌을 납작이 깔아뭉갠 꼴이었다.

공간에도 시간에도 나는 없이, 물건과 타인으로 가득 찼다.

#

퇴사 후, 멍하니 방을 바라보았다. 천장을 올려보았다가, 벽으로 시선을 내렸다가, 다시 시계에서 멈추었다. "와 내가 평일 낮에, 이 시간에 집에 다 있네." 중얼거리며.

사직서를 던져 버리는 꿈을 이루지 못한 게 아쉬움이라면 아쉬움이었다. 사직서도 디지털로 기안을 올려 팀장, 부서장을 따라 차곡차곡 결재를 받아야 하니 던질 물성이 없었다. 컴퓨터 배경 화면에 훌훌 자유롭게 떠나는 도비 화면을 설정하지도 못했고, 미친 척 후임자에게 '도망쳐요!'라고 써두는 상상도 이루지 못했다. 미친 척은커녕 쓰던 물건과 자리를 아주 깔끔하게 정리나 했다. 정작 내 집의 공간은 정리하지 않으면서 내 공간인 척 하던 회사 자리는 깨끗이 비웠다.

그렇게 아등바등 들어간 회사를 그만두고 남는 아쉬움이 고작 이런 것뿐이라니, 허탈 하면서도 가뿐했다. 내 목구멍을 가득 채워 숨을 꾸역꾸역 막던 무언가가 쓸려 내려간 기분이었다. 굴리던 시선이 거울에서 멈췄다. 나와 내 뒤로 쌓인 물건 덩어리들이 한 데

비쳐 하나의 배경이 되어 비치고 있었다.

이야기는 언제나 '어느 날' 갑자기 시작되곤
한다. 나는 몸을 일으켰다.

'계속 이렇게 살 수는 없어.'

2. 미니멀라이프도 아닌,

: 이야기가 끝나기 전에, '비움'의 포기

버리지 않아도 일상이 차곡차곡 가벼워

지고 있다. 꼭 한순간에 죄다 바꾸거나

버려야지만 새로운 삶을 살 수 있는 건

아닐 것이다.

"엄마, 이 생수통들은 도대체 왜 안
버리는 거야?"
"놔둬라, 다 쓸모가 있다. 나중에 콩
같은 거 담을 거야."
"그럼 몇 개만 두고 다 버리면 되잖아…"

"이 샐러드 통 버린다?"
"너무 예쁘지 않아? 나중에 소풍 갈 때
샌드위치 싸가기 딱이야."
"우리 소풍이란 거 안 간 지 10년은 넘은
것 같은데…"

물건을 버리려는 나와 사수하려는 엄마는
항시 전시상태였다.
고백하자면, 엄마 몰래 물건을 버리기도
했는데, 한참 뒤에 엄마가 찾을 때면 "글쎄?
어디에 있겠지. 잘 좀 찾아봐."라며 시치미를
뚝 떼기도 했다. (대부분 없어진 것조차 알아

채지 못하셨으니, 정상참작을 해 주실 거라고 믿는다.)

그러나 집에 가득 찬 물건을 하나씩 정리하며 알게 되었다. 나는 어쩔 수 없이 그녀의 딸이라는 것을.

\#

퇴사하고 방 안의 물건을 보며 이상한 기시감이 들었다. 분명 내가 선택해서 들어가고 나온 회사인데, 오히려 내가 회사의 손에 골라져 몇 년간 구석에 박혀 제대로 쓰이지도 못하다가 버려진 물건이 된 듯한 기분이었다. (어쩌면 기분이 아니라 사실일지도 모르겠다.)

그래, 꼭 저 물건들 같이.

나를 닮은 그것들을 보고 있자니 참을 수 없게 화가 났다. 마침 알고리즘이 이끌어 준 덕분에 만난 미니멀라이프와 제로웨이스트 생활 영상은 나의 욕망을 결심으로 바꾸는 데 충분했다.

'그래, 죄다 버리고 새롭게 살아 보는 거야. 퇴사도 했는데 뭘 못하겠어?'

퇴사자의 허세와 오만이 가득했다. 행위의 주체성을 지닌 권력자가 된 기분이었다. 내가 무언가를 결정할 수 있다는 전능감과 통제감은 물건과 나를 구분지었다. 쓰레기봉투를 펼치고 물건을 정리하기 시작했다.

분명 그러려고 했다.

…다만 본디 세상이라는 게 늘 뜻대로 되지 않는다는 것이 선험적 진리였을 뿐이다. 내 미련과 질척임이 문제였다. 아니, 미련 많은 내 물건들이 하필이면 심하게 멀쩡했던 것이 진짜 문제였다. 어느새 나는 어디선가 많이

들었던 말을 그대로 따라 하고 있었다.

  - 아직 충분히 쓸 수 있겠는데.

  - 두면 나중에 쓸 거 같은데.

  - 버리기엔 너무 아까운데!

부드럽게 써지는 펜과, 유통기한이 남은 화장품 샘플. 써도 문제없을 것 같은 향수, 한두 장만 쓴 노트, 한두 번 입었던 원피스.

게다가 아직 충분히 사용할 수 있는 물건을 버리는 게 정말 환경을 위한 행동인지 의문이 들었다. '가장 친환경적인 행위는 비생산, 비소비라던데. 그럼 이미 산 물건은 어떻게 되는 거지?' 고개를 갸웃했다.

눈앞에 놓인 **멀쩡한 것들**을 바라보았다. 나는 어쩌면 그냥 과거의 선택을 외면하고 싶었던 건 아니었을까? 그런 적 없었던 척 시치미를 뚝 떼고 없던 선택으로 하고 싶던 건 아니었을까. 미니멀라이프니 친환경이니 하는 핑계를 대면서.

어쩐지 쭈글해진 나는 조용히 물티슈를 가져왔다. 물건을 하나씩 닦아 냈다. 물건에 쌓인 뽀얀 먼지가 하얀 물티슈에 닦이니 까만 먼지가 되었다. '한 번 써보기나 해볼까. 어차피 이제 남는 게 시간인 백수인데.'

패기넘치는 퇴사자와 쭈굴한 백수는 대립어가 아닌 동의어였다.

\#

여전히 나의 공간은 물건으로 가득 하다. 그러나 이전과 같은 숨 막히는 기분은 들지 않는다. 버리지도, 새로운 물건도 잘 들이지 않고 있다. 대신 매일 조금의 시간을 내어 삶에 들였던 물건들을 하나씩 사용해 보는 중이다.

죄다 버리지 않아도 일상이 차곡차곡 가벼워지고 있다. 꼭 한순간에 바꾸거나 버려야만 새로운 삶을 살 수 있는 건 아닐 것이다.

미니멀라이프라는 새롭운 삶을 꾸려내고 싶었다. 나를 숨 막히게 하던 모든 걸 꽁꽁 묶어 버리고, 오직 나만의 나의 삶의 주체가 되고 싶었다. 퇴사도 했겠다, 그런 반짝반짝한 승전보로 이야기의 끝을 내고 싶었다.

하지만 나처럼 미련 많은 어중간한 인간의 현실 사정은 '시작 – 원 투 쓰리 – 끝!'으로 진행되지 못한다. 무엇보다 그 '원 투 쓰리'의 시간이야말로 더 본질에 가까울지도 모르겠다는 생각이 들었다.

그러니 돌멩이를 툭툭 건드려도 보고, 잠시
앉아 물도 마시고 웹툰도 보고 책도 읽고,
따뜻한 커피도 한 모금 마시면서 천천히
가보자고 생각한다.

물건의 들임과 버림 사이에서 하나씩
사용해 보며 말이다.

3. 펜,
사용하기 가장 만만한 녀석

: 만만함의 정직함

잉크가 나오지 않는

마침표의 시간이 올 것이다.

펜에 담긴 잉크의 정해진 시간은

정직하니까.

#

'입사 첫날에 어떤 옷을 입어야 할까?'

이 질문에 정석적으로 나오는 답이 있다.

– 모르겠으면 첫날은 모나미룩이지.

모나미룩. 흰 셔츠에 검정 하의.

흰 펜대에 까만 펜촉을 가진 모나미 볼펜

에서 따온 명칭의 스타일이다.

이처럼 가장 무난한 스타일의 대명사답게

'모나미 펜'은 학창 시절 누구나 가장 무난히

사용하던 필기구였다. 국민 펜이라고 할 수

있을 정도였다. 그럴 것이 가격도 저렴하고,

디자인도 무난 그 자체였으니까. 국민 펜답게

언제 어디서도 볼 수 있었다.

말하자면 가장 만만한 놈이었달까.

#

내 '물건을 다 쓴' 경험의 역사를 거슬러 올라가면 바로 이 모나미 펜이 등장한다.

고3, S대학 합격생이 하루에 모나미 볼펜 하나를 다 쓸 때까지 공부했다는 이야기를 들었다. 당장 수학 시험에서 100점을 맞는 다든가, 하루에 영단어 100개씩 외운다는 건 불가능했지만 하루에 펜 하나를 다 쓰는 것 정도는 나도 할 수 있을 것 같았다.

도서관 지하 매점에서 모나미 펜 5개에 1,000원짜리 한 묶음을 사서 의기양양하게 자리에 앉았다. 딸깍- 펜 끝을 누르자 둥그스름한 금속의 촉이 나온다. 종이에 문질러 잉크 똥을 한 번 닦아주고 쓰기 시작했다. 수학 문제였나, 영어 단어 깜지였나, 한국사 연도표였나. 무엇을 썼는지는 기억이 나지 않지만, 잉크 똥과 그 색이 푸른 기가 살짝

섞인 금속물 같던 검은색이었다는 건 선명히
떠오른다.

　그래서 대입이라는 목표 달성에 성공했느
냐면... 성공은커녕 수능을 제대로 말아먹고
말았다. 매일 펜 하나를 다 쓰는 걸 첫 며칠
만 해냈기 때문일까. 당장의 엄청난 성과를
1년도 채 안 되는 기간에 달성하는 기적이
펜 끝에서 일어나진 않았다.
　하지만 어찌되었든 그것은 내 인생에서
'물건을 끝까지 다 써서 마무리를 지어 본
경험'으로 남았다.

　하루에 하나를 다 쓰진 못 했어도 며칠에
걸쳐서는 썼다. 적어도 그 플라스틱 펜대를
무책임하게 버리지는 않았다.
　**검푸른 잉크가 더 나오지 않고, 종이에 펜
으로 눌러진 자국만 남는 순간은 마침표가**

되었다. 이전 장들을 넘기면 그동안 무언가를
해 온 증거가 잉크를 따라 담겨있었다. 그건
정직하게 남은 가시적인 행위의 증거였다.

#

　요즘은 회사에 모나미 룩을 입고 다니지 않는다. 기껏해야 입사 직후 일주일정도만 입는다. 대신 편한 청바지에 깔끔한 티셔츠나 블라우스를 입고 다닌다. 마찬가지로 지금은 '그' 모나미 펜을 쓰지 않는다. 그 자리는 다른 것들로 대체되었다. 다이어리를 쓴다며 샀던 가격괘가 있는 펜들부터, 언제 어디서 받은 지도 모를 (주)ㅇㅇ회사, ㅁㅁ박람회, △△ 공사 같은 문구가 쓰인 홍보용 펜들까지. 참 많기도 하다.

　지나온 시간 동안, 펜이란 놈도 그 작고 얇은 물성 안에서 나름 바지런히 변했다는 걸 실감한다. 더는 잉크 똥 닦을 일이 많지 않다. '저중심', '초저점도'와 같이 미묘하게 4차 혁명의 결과물을 보는 듯한 착각을 일으키는 문구가 박혀있기도 하다. 변하지 않을 것

같던 모나미 펜 역시 더는 '모나미룩'이라는
말이 무색하도록 다양하고 감각적인 디자인
으로 나온다.

그럼에도 결국 펜이라는 놈은 ai니 하는
최신 기술에 밀려 '아날로그 감성' 자리에
머무를 수밖에 없는 비운의 물건이다.
　어쩌면 나는 그 운명을 좋아하는 것일지도
모르겠다. 거대하고 정신없이 빠른 최첨단의
세상 속에서, 저 홀로 작은 무언가를 꾸준히
해 나가는 녀석이라는 게. 덕분에 여전히
만만해서 부담 없이 막 쓰고, 다 쓰고 나면
가볍게 버릴 수 있다는 것이 무척이나 마음에
든다.

#

　요즘은 필사를 하는 데 펜을 쓴다. 더는 영어 단어나 한국사 연도표를 쓰지 않는다.

　역시나 매일 필사를 한다고 작문 실력이 크게 향상된다든가, 몰아치는 문장을 써내는 천재 작가가 되진 못했다. 잉크가 종이에 사각사각 담기는 순간은 그저 편안함을 준다. 그럴 때면, 세상의 시간은 멈추고, 나 홀로 흐르는 듯한 기분이다.

　그렇게 흐르는지, 멈추어 있는지 모를 정도라도 괜찮다. 어차피 이제는 'S대학 합격'이라는 목표는 없다. 하루에 꼭 하나의 펜을 다 쓸 필요도 없다.

　이미 가진 것을 버리지 않고 쓰는 것만으로도 충분하다. 좋은 문장을 발견했을 때, 쓰고 싶은 만큼의 잉크의 시간 동안만 쓰다 보면 어느새 잉크가 나오지 않는 마침표의

시간이 온다는 걸 안다. 펜에 담긴 잉크의
정해진 시간은 정직하니까.

　펜을 쓴다. 종이와 시간에 잉크의 질감이
입혀진다.

　#
　아, 참고로 펜이란 놈은 쓰는 건 가장 만만
하지만, '끝까지 다' 쓰는 건 결코 만만한 게
아니었다. 만만히 보고 시작했다가 되려 내가
만만이가 되어버렸달까. 펜의 기술 발전은
내 상상보다 훨씬 대단했다. 몇 개월 동안
필사 노트 몇 권을 다 쓸 즈음에야, 0.7㎜의
펜 하나가 마침표를 찍었다.
　이러다 가지고 있는 펜을 다 쓰려면 정말
평생이 걸릴지도 모르겠다.

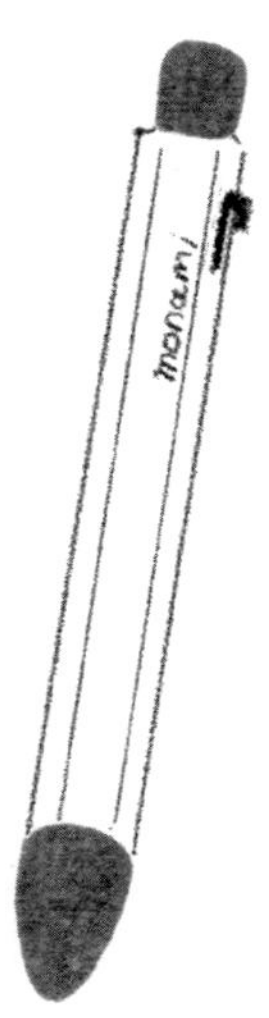

monami

4. (TIP) 펜을 다 사용하는, 쓰기의 방법

: 남용과 사치

펜만큼 단순한 물성을 지닌 물건이 또 있을까.

사용 설명서도 필요 없고, 충전하기 위해 콘센트를 찾아야 할 필요도 없으며, 부담스러운 부피나 큰 무게를 지니지 않아 이동성마저 좋다. 손가락을 이용해 펜대를 누르고 지탱할 만큼의 힘과, 딱 펼친 종이 반경 안에서만 이루어지는 절제된 움직임만으로도 충분하다.

단순한 존재인 만큼 펜을 끝까지 다 사용하는 방법도 단순하다. **써서, 쓴다.**

목표도 과정도 단순화하기

1. 하찮고 작은 목표로 쪼개기

이렇게 작아도 되나 싶을 정도로 목표를 작고 단순하게 잡았다. '시험 100점!'이 아니라 하루어 펜 하나를 쓴다는 목표를 잡았던 것처럼.

지금은 '펜을 하루에 한 번 잡는다'. 그날 펜을 한 번 쓰기만 했다면, 사용라이프는 착실하게 보낸 셈 치는 도둑놈 심보랄까.

2. 과정을 편하고 단순하게

사용하는 환경이 어렵지 않도록 했다. 펜을 잘 사용하는 곳(방 책상, 거실 테이블, 식탁)에 통을 하나씩 두고 색상별로 딱 하나씩의 펜을 두어 바로 사용할 수 있도록 하고 있다. 이때, 지퍼가 달린 필통보다 언제든 뽑고 꼽을 수 있는 통 형식을 추천한다. 나

같이 게으른 인간은 지퍼를 여는 것마저 귀
찮아 망설여질 때가 있었다.

펜을 쓸 수 있는 곳

이제는 펜으로 공부하는 학생이 아니다
보니, 필사를 제외하고는 펜을 쓸 일이 많지
않을 것 같았다.

하지만 막상 쓰려니 의외로 사용처가 무궁
무진했다. **만만한 녀석이니 부담 없이 마구
펜을 남용하는 사치를 누리는 중이다.** 생각
없이 선을 마구 긋는다든지.

뭐 어때, 쓰고 싶은 대로 쓰면 된다.

1. 가족에게 기분 좋게
   메모 남기기
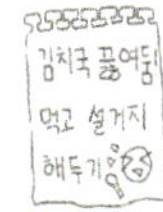

2. 필사

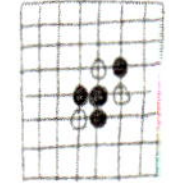3. 낙서
   추억의 게임

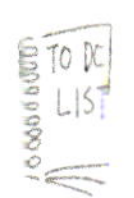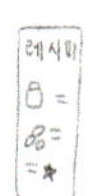

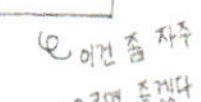

4. 쓰고 싶은 모든 것!

5. 옷,
현재의 몸을 살기

: 살을 빼고 입어야 하는 옷은

내 옷이 아니야.

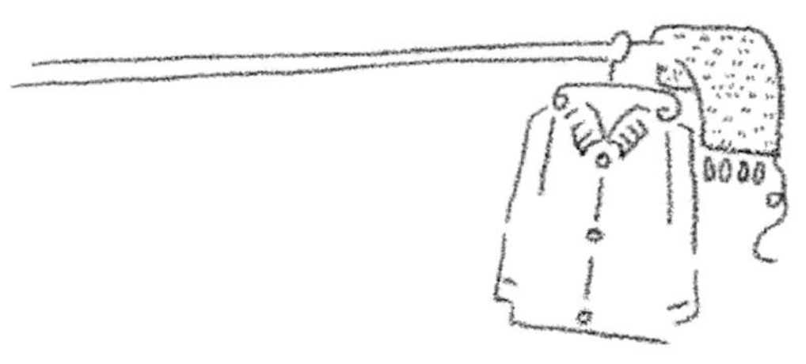

지금 잘 입을 수 없는 옷은

나중에도 잘 입을 수 없는 건데

그걸 인정하지 못했다.

\#

　친구가 에코백에서 큰 호두야채크림빵을 위풍당당하게 꺼낸다. 호두와 야채와 크림이라니. 맛이 없을 수 없는 조합이다. 장발장이 훔쳤다는 거대한 빵이 연상되는 크기에 나는 흡족하게 고개를 끄덕이고 착착 접시와 포크를 내고, 드립 커피를 내릴 물을 끓인다.

　– 와, 이거 칼로리 엄청나겠는데?

　말과 다르게, 손은 시원하게 빵을 쭉 찢었다. 섬유의 실이 늘어나듯 결을 따라 빵이 나뉘며 버터 향이 방 안을 가득 채운다. 뜨거운 물을 드립 커피에 천천히 내리자, 가느다란 물줄기가 공중에서 곡선을 그리며 원두를 향해 내려오고, 이내 길을 찾아 직선의 커피가 되어 잔에 담긴다.

친구가 말한다.

– 근데 옛날만큼 살을 빼야겠다는 생각이
안 드는 것 같아. **굳이 그렇게까지 하고
싶지 않달까.**

나는 볼이 빵빵해지도록 빵을 가득 우물
거리며 공감의 의미로 조금 과장되게 고개를
끄덕인다.

언제부터일까. 유독 마른 수준의 체중 관리
야말로 자기 관리의 기본 영역으로 인정받는
사회에서, 우리는 자기 관리는커녕 자기 방
치의 삶으로 서서히 옮겨가는 중이다.

방치와 방목이야말로 때로는 가장 어려운
자기관리의 영역이기도 하다는 것을 배워가
면서.

#

20대에는 "그만 먹어야지.", "살 빼려면 운동해야 하는데!", "잘 먹고 잘 움직이면 건강한 돼지가 된대."라는 식의 말을 입에 달고 살았다. 매일 체중계에 올라가 0.1kg의 작은 변화에도 기분이 금세 오르락내리락했다. 눈속임이라도 하려고 살을 욱여넣어야 할 수준의 허리가 꽉 조이는 바지나, 피도 통하지 않는 압박 스타킹 따위를 입었다. 어떻게든 숨을 참고 안간힘을 쓴다면 간신히 입을 수'는' 있는 옷들이었다. 그런 옷을 살 때마다 정신승리를 했다. 조금만 더 있으면 입을 수 있을 것 같았다.

지금은 힘들지만 딱 2킬로만, 아니 1킬로만 빼도 편하게 입을 수 있을 거야.

물론, 당연하게도 그런 날은 오지 않았다. 오히려 1킬로가 더 불어 입기'조차' 못하는 옷이 되어 장롱 안에 처박히기가 일쑤였다.
그런 식으로, 사도 사도 입을 옷이 없고, 다시
간신히 입을 수 있는 옷을 사고, 또 다시 입을
옷이 없고-의 무한 굴레였다.
　지금 잘 입을 수 없는 옷은 나중에도 입을
수 없는 건데, 그걸 인정하지 못했다.

　#

　오독. 빵 안의 호두가 씹힌다. 부드럽고
달콤한 크림과 고소한 견과류의 식감에 절로
행복해진다. 고소한 풍미가 입 안에 남아있는
상태에서 따뜻한 커피를 마시니, 버터와섞여
낙원이 따로 없다. 이 정도 행복이면 오늘
하루는 제법 괜찮게 보낼 수 있을 것 같다.
마지막 한 입을 목구멍으로 넘기니 배가 제법
찬다. 늘어진 가죽같던 배가 팽팽히 부풀어
오르는 것이 느껴진다.

괜찮다. 지금 입고 있는 바지는 넉넉하다 못해 헐렁한 와이드 통에, 허리는 밴딩이다. 어제 입은 옷도 밴딩이었고, 내일도 밴딩일 것이다. 나는 더 이상 간신히 입을 수'는' 있는 옷을 사지 않는다.

남들에게 코이기 위해 날씬해 보이는 옷에서 내가 편한 옷을 입기 시작했다. 비슷한 시기 나라는 인간은 미래에 살을 뺄 인간이 못 되며, 불편한 옷을 더는 견디지 못하는 성향이라는 걸 받아들이기도 했다. 인정하게 된 것이다.

옷의 선호가 바뀌니 능청능청한 밴딩만큼 스스로를 여유롭고 능청스럽게 대할 수 있게 된 걸까. 나란 인간을 인정하고 나니 타인의 시선보다 나의 편안함을 선택하게 된 걸까. 어찌 되었든 그 뒤로 옷을 잘 사지 않게 되었는데, 신기하게도 되려 '옷이 없다'라고 생각하는 일이 줄어들었다.

자비로운 고무줄 덕분에 체중이 조금 바뀌어도 새로 옷을 살 필요가 없었다. 기본 스타일의 편안한 옷을 사두니 아주 특별한 날이 아닌 이상, 격식이 필요한 자리든 편한 자리든 언제나 입을 수 있었다. 물론, 내가 좁디좁은 인간관계에, 집-회사-카페만 반복하며 단조로운 일상을 사랑하는 내향인이라 더 그렇겠지만.

어쨌거나 이미 가지고 있는 옷만으로도 충분히 일상을 채울 수 있다는 깨달음은 매일, 매 계절마다 옷을 사들이던 내게는 엄청난 것이었다.

\#

몇 년 전에 비해 체중이 불었다. (사실 어제보다도 늘어난 것 같다.) 그래도 마르게 보이게끔 만들어 주는, 꽉 조이는 옷을 더는 입지

않는다. 80대가 되며 소화 기능이 떨어진 것
도 큰 역할을 했고 무엇보다, 친구 말마따나
'굳이 그렇게까지 하고 싶지 않다.'

물론 '마른 몸'이 아름답다는 미의 기준이
곳곳에 배어 있는 사회에서 살아가는 '잘
흔들리는 인간'으로서 아주 신경이 안 쓰인
다고는 못 하겠다. 스트레스도 받는다. 다만
이전만큼 강박 수준은 아니다. 스멀스멀
강박이 올라올 때면, 의식적으로라도 그렇지
않기 위해 노력하는 중이라고 해야할까. 앞에
서 말했듯. 방치야말로 오히려 가장 어려운
자기관리인 듯하다.

다시 이전으로 돌아갈 생각은 없다. 아마
그럴 수도 없을 것이다. 지금 내 몸에 맞는
편안함이 얼마나 삶의 질을 쾌적하게 만들어
주는지 '당장 편안한 옷'을 입으며 알게 되었
으니까. 한 번 넉넉함을 맛을 본 자, 다시는
이전으로 돌아갈 수 없는 법이다.

　그러니 과거의 몸은 보내주고, 미래에 뺄 것 같은 몸에도 미련 갖지 말자고, 인터넷 포털 사이트 배경 화면에 뜬 작고 예쁜 옷에 시선을 뺏겼다가 고개를 저으며 생각한다.

#

아 , 여유로운 옷과 건강 걱정은 별개다. 건강의 영역 안에서 넉넉함을 주는 건 건강한 현재를 누리게 하지만, 고무줄로도 어찌할 수 없는 선을 넘어가면 몸과 더불어 마음까지 부정적으로 묵직해지는 게 느껴진다. 기름기가 낀 느끼하고 불쾌한 마음은 능청스러운 여유 대신 화가 많아지고 쉽게 지치게 만든다. 옷이고 뭐고 일상을 제대로 채울 수 없다.

그런 의미에서 30대의 체중 관리는 자기 관리가 아닌 자기 생존의 영역이랄까. 우리는 20대였던 때와 비슷한 듯 다른 말을 여전히 반복하고 있다.

- 운동… 해야 하는데… 살려면…

6. (TIP) 필요하지 않은 물건이 사고 싶어질 때

: 이미 가지고 있는 걸 '발견'하기

내가 지닌 걸 정확히 알지 못하면

자꾸 남들이 가진 것에 눈이

돌아가게 된다.

내가 지금 가지고 있는 게 뭔지

정확히 보아야 한다.

#

인터넷 포털에 접속하는 순간, 메인에 걸린 각종 광고의 옷이 눈에 들어온다. 나도 모르게 클릭한다. 사고 싶다!

꼭 필요한 게 아닌데도 '이것 봐, 예쁘지? 딱이지? 이 정도는 자신 위해 살 수 있잖아.'라는 자본주의의 속삭임에 여전히 자주 흔들린다. 정신을 바짝 차리지 않으면 순간 삐끗해 손가락으로 결제 버튼을 누르고 말 것이다.

필요하지도 않은 물건을 사고 싶다는 욕망의 순간이 쌓이고 쌓일 즈음, 내가 쓰는 특효 방법이 있다. **바로 옷장을 싹 뒤집어엎는 것**이다.

바쁠 때는 지금 계절의 옷만.

여유로울 때는 아주 들어내 온갖 옷을 다 꺼내서 정리한다.

사실 이건 정리라기보다는 '지금 나에게 있는 옷이 뭐가 있는지.' 눈으로 확인하는 작업에 가깝다.

사면 안 된다는 강박적인 마음으로 꾹꾹 참기만 하면 오히려 어느 순간 폭발하고, 무지성 소비를 하곤 했다. 내가 지닌 걸 정확히 알지 못하면 자꾸 남들이 가진 것에 눈이 돌아가게 되니까.

내가 이미 지닌 걸 하나하나 꺼내가며 정확히 본다. 수많은 옷을 보고 있자면, 어쩐지 옷에 대해 징글징글해진다. 지쳐서 옷을 사고 싶은 마음이 사라지기도 하고, 사려고 했던 옷을 대체할 수 있는 옷을 이미 가지고 있음을 알게 되기도 한다.

그렇게 잊고 있던 것을 발견하기도 했고, 이미 내게 있는지도 몰랐던 것을 찾아낼 수 있었다.

“맞다! 나 이거 있었지!”

“어? 나한테 이런 옷도 있었네?”

#

직접 눈으로 확인하면서, 이미 내가 가지고 있는 것들을 새삼스레 깨달아 간다.

발견은 생각지도 못한 우연에서 오기도 하지만, 정확히 보려는 노력에서 오기도 하니까.

나니아 연대기에서처럼, 방구석 옷장을 통해 판타지의 세계로 들어갈 수는 없지만, 현실적인 탐험 정도는 할 수 있다.

그건 꼭 서랍 한구석에서 언제 넣어두었는지도 모를 만 원짜리 지폐 한 장을 발견하는 기분이다.

7. 식재료,
귀찮음과 타협한 집밥

: 각자의 타협점

귀찮음을 이겨낼 수 있는 건 가끔일
뿐이다.

식사는 매일 해내야 하는 것이고.

#

인터넷에 사진과 함께 올라온 질문을 보고 웃음이 났다.

– 유통기한 지났는데, 이 밀가루 먹어도 될까? 냄새나 겉보기에는 멀쩡한데.

평소 나도 종종 들었던 의문이라 답변을 보기 위해 스크롤을 내렸다. 그리고 발견한 명언 한 줄.

– 가루 이즈 네버 다이.

(never die)

가루는 결코 죽지 않는다는 엄숙한 답. 그 답이 웃기면서도 안심이 되었다. 나만 이러는 게 아니구나. 그동안 내가 먹은 수많은 유통기한(이제는 소비기한)이 지난 가루들은 괜찮겠구나.(아, 물론 유통기한이 심하게 많이 지난 건 버리도록 하자.)

나는 식재료를 사두고, 요리할 때가 되어 서는 귀찮아서 미루기를 반복했다. 덕분에 냉장고 정리를 하다 보면 누가 봐도 당장 버리지 않으면 큰일 날 것 같은 할 곰팡이 핀 야채와 과일부터, 이정도면 먹어도 될 것 같은 가루까지 다양한 종을 발견하곤 했다.

대체로 가공이 많이 들어간 식재료일수록 멀쩡해 보이고, 자연 그대로에 가까운 식품 일수록 고약한 악취와 끈적한 액체를 내뿜는 아이러니의 향연을 감상할 수 있다. 아이들의 상큼한 촉각놀이 대신, 어른의 지옥에서 돌아 온 촉각놀이의 한 장면 같달까. 고무장갑을 끼고 숨을 흡, 참고 뭉클한 촉감의 무언가를 집어내곤 했다.

특히나 가공 제품은 눈에 띄지 않다 보니, 유통기한이 며칠부터 몇 개월, 심지어 몇 년 지난 채로 발견되기도 했다.

\#

식재료의 구입은 '10분 만에 만드는 간단 자취 요리', '불을 사용하지 마세요.', '딱 3가지 재료만 가져오세요.' 따위의 1분 영상에서 시작되곤 했다.

'간장, 다진 마늘, 멸치액… 이건 다 있고. 굴소스, 고춧가루도 있고. 대패삼겹살은 필수는 아니라고? 아, 팽이버섯 식감이 핵심이구나. 그럼 팽이버섯만 사면 금방 되겠네!'

그렇게 사 온 팽이버섯은 열흘 뒤, 처참한 모습으로 발견되고 말았다. 탱탱했던 줄기는 능청거리고, 밑동은 시꺼메져 늪지대 곰팡이의 냄새가 났다.

아, 참고로 최악의 상한 냄새를 풍기는 음식은 순두부였다. 순두부가 상하면 상한 음식이 한 번 더 상한 것 같은, 말하자면

쓰레기 상한 냄새가 난다는 걸 나도 알고 싶
지 않았다.

　이런 식으로 상한 음식을 버리고 나면,
당분간은 반드시 집에 있는 것만으로 먹자고
다짐을 했다. 정말 새롭게 뭘 사지 않고, 딱,
오로지 있는 것만으로 해먹자고. 그런 다짐
으로 다시 요리 동영상을 찾았다.
　'누구나', '쉽게', '지금 당장'. 이상하게 꼭
재료 한두 개가 부족했다. 다시 위와 같은
상황이 반복되었다.

　#

　언제까지 아깝게 식재료를 사고 버리고를
반복할 수는 없다. 왜 자꾸 이런 일이 계속
되는지 생각해 보았다.
　평소 뚝딱뚝딱 곧 잘해 먹던 요리는 된장

소스에 각종 야채와 밥과 두부를 넣은 된장
술국이라던가 오이와 참치에 김과 스리라차
소스를 넣어 비벼 먹는 것이었다.

반면, 재료를 다 사두고도 미루던 요리는
각종 야채에 소스를 만들어 끓이는 짜글이라
든가 뚝배기 전골 등이었고.

내가 잘 해먹는 요리와 미루던 요리를 떠
올리다가 깨달았다. 나는 소스를 직접 만들
어야 하는 요리는 안 해 먹는 인간이었다.

사실 아주 어려운 게 아니고서야 소스를
만드는 건 간단하다. 간장, 고추장, 굴소스,
식초. 다진 마늘, 액젓, 설탕, 고춧가루 등에
서 크게 벗어나지 않는다. 조금씩 덜어 비율
대로 섞기만 하면 된다.

그러나 쉬움과 귀찮음이 꼭 반비례하는
것은 아니다. 남들에게 간단한 것이 내게는
귀찮을 수 있다.

‘어디 보자, 간장 2, 굴소스 1, 설탕

…귀찮아. 그냥 볶음밥이나 해 먹자.’

\#

나의 게으름을 알게 된 후로, 완성된 시판
양념과 소스를 적극적으로 활용하고 있다.

대기업의 똑똑한 석박사와 전문가들이
심혈을 기울여 만든 배합의 양념이므로,
웬만해서는 실패하지 않는다. 쩝쩝학과 척척
박사님들의 시판용 양념장과 소스의 힘으로
냉장고의 식재료를 척척 털어가고 있다.

강된장소스를 사서 된장국에 된장 볶음밥
까지 곧 잘해 먹는다. 소스에 다른 걸 넣을
필요 없이 양파, 버섯, 두부만 넣어 물 없이
볶아주면 밥 한 공기 뚝딱이다. 팽이버섯은
더 이상 버려지지 않는다. 내 입맛에 맞는

토마토 스파게티 소스에 순두부와 계란을 넣어 전자레인지에 돌려 만든 그라탱은 추운 날 술술 넘어가는 영양 별미다.

내가 어떻게 해야 힘을 덜 들이며 요리를 할 수 있는지 알고 나자, 음식물 쓰레기도 훨씬 덜 나오게 되었다. 더는 그 이상한 악취가 나는 곰팡이로 생명의 신비를 배우지 않을 수도 있게 되었다.

내가 이미 가지고 있는 걸 잘 사용하기 위해서는, 내게 힘겨운 부분은 남에게 넘길 줄도 알아야 하는 것이었다.

물론, 양념장을 직접 만드는 것보다는 건강에는 안 좋을지도 모른다. 1분만 더 투자하면 된다. 약간의 귀찮음만 이겨내면 처음부터 끝까지 당당한 제대로 된 '집밥 요리'를 할 수 있는 셈이다.

하지만, 귀찮음을 애써 이겨낼 수 있는 건 가끔일 뿐이다. 식사는 매일 해내야 하는 것이고.

그러니 재료 손질부터 각종 양념장과 소스를 만드는 것까지 모두 직접 손으로 해야지만 '집밥 요리'가 된다는 욕심을 버려도 되지 않을까.

누군가에게는 손쉬운 일이, 다른 누군가에게는 세상 귀찮게 느껴지기도 하니까. 또 그 영역은 사람마다 다른 법이다. 남들이 이해가 안 간다고 해도 어쩔 수 없는 영역.

대기업도 자신이 못하거나 효율성이 안 나오는 영역은 외주를 맡긴다. 그 똑똑한 사람들이 모인 곳에서도 모든 걸 다 하진 못하는데, 나 같은 개인도 위탁(?) 좀 해서 요리하면 뭐 어떤가.

견디지 못하는 귀찮음을 굳이 이겨내려고 하기보다는, 적당히 타협하는 게 다양한 집밥을 해 먹게 되는 방법일지도 모른다.

8. (TIP) 활용도 좋은
양념장 선택하는 법

**#. 양념장은 사서 먹자 주의의
엄연한 집밥 요리 TIP**

**1. 냉장고 식재료를 듬뿍 활용하기에는
일반 양념보다 조금 강한 맛의 양념을
추천한다.**

삼삼한 제품은 그 자체로만 먹을 수 있기
때문에 더 추가할 여지를 주지 않는다. 몇
가지 강한 양념으로 식재료를 털어 먹는(?)
레시피를 적어 본다.

– 된장 대신 강된장 양념을 사면 재료와
물을 듬뿍 넣어 된장국을 끓일 수도 있고,
팽이버섯과 두부와 밥을 넣고 강된장

양념만 살짝 넣어 볶음밥을 만들 수 있고,
상추로 만든 쌈밥에 살짝 얹어 먹어도
그만이다.

– 짬뽕 양념장만 사서 모둠해물과 집에
있는 온갖 야채를 냉장고 털이를 하여
넣으면, 해물은 듬뿍이지 야채로 국물은
시원하지. 그 매칼함에 속이 뻥 뚫리는
해장국이 따로 없다. 양념 자체가 강렬
하기 때문에, 웬만한 재료를 넣어도 다
맛있다.

– 간이 다소 강한 편인 갈비탕을 사서,
무와 스고기를 듬뿍 더 넣어 끓이면 파는
곳 부럽지 않은 푸짐한 소고기 뭇국이
뚝딱이다. 추운 겨울 마지막에 소면까지
함께 넣는다면, 1인분이 2~3인분이 되는
든든한 보양식을 즐길 수 있다.

2. 다양한 요리에 활용할 수 있는 양념장

하나의 양념장으로 하나의 요리만 할 수 있는 것보다, 그 하나로 다양한 곳에 넣어 먹을 수 있는 것을 구비해 두면 유용하게 쓸 수 있다. 양념장과 소스도 상하고 곰팡이가 핀다. 그러니 어디든 잘 사용할 수 있는 것을 선택하는 게 중요하다.

개인적인 경험과 입맛이지만, 고기 양념장 중 하나만 사야한다면 닭볶음 양념이 활용도가 좋아 추천이다.

밥, 야채, 대패고기에 넣어 볶으면 사먹는 닭갈비 불판볶음밥이 된다. 돼지고기에 김치와 물, 양념장을 넣고 끓이면 김치찜이 뚝딱 되고, 오뎅과 냉장고에 있는 각종 야채를 넣은 뒤 물을 몇 컵 넣고, 양념장을 넣고 끓이면 소주생각이 간절해 지는 얼큰한 어묵전골 완성이다.

\#

이런 식으로, 나는 양념장을 만드는 것이 문제였지만, 만약 재료 손질이 귀찮다면 냉동 해물모둠과 야채모둠, 뼈가 발라진 생선 필렛 등을 산다면 훨씬 편해질 수 있을 테다.

내게 있는 걸 가벼운 마음으로 잘 쓰기 위해서는, 너무 애써서 **고치려고 하기보다** 나의 게으른 면과 적당한 타협점을 찾는 것도 사용라이프의 한 방법이 될 수 있다.

9. 노트,
순서에 얽매이지 않는 삶
: 들어내기, 거꾸로 가기, 마구 뒤섞기

새로운 삶을 살고 싶을 때, 꼭 이전
시간을 모두 지워야 할 필요는 없다.
몇 페이지 뜯어내도, 뒤에서부터 써
내려가도, 얼마든지 중간중간 다른
이야기를 새롭게 써도 한 권의 노트는
가득 채워져 끝이 난다.

\#

학창 시절, 공부 시작 전에 하던 청소는 왜 그리 개운했는지 모르겠다. 평소 방청소 한 번 안 하다가도 공부 할 시간만 되면 아주 깍쟁이가 되곤 했다. 작은 먼지, 비뚜름하게 놓인 물건, 책장에서 살짝 삐져나온 책 역시 모두 견딜수 없게 거슬렸다.

저녁 8시에 공부를 하려고 앉았다가도 청소를 시작하면 순식간에 47분이 되었다. 47분이라니. 살짝 삐져나온 책만큼이나 거슬리는 시간이다. 이건 견딜 수 없다. 차라리 9시 정각에 시작하자고 다짐 하며 핸드폰을 했다. 정신을 차리고 보니 10시 17분이다. 30분에 정말 시작하는 거야. 진짜 11시, 이번에야말로 11시 30분, 12시 자정까지 시간은 저 홀로 술술 날아가곤 했다.

그 버릇은 시간이 지나, 대학생이 되고, 직장인이 되어서도 변하질 않았다. 그러니까 완벽하게 새로운, '꼭 맞는' 시작이 아니면 시작을 하지 못했던 버릇 말이다. 뭐라도 해야 한다는 마음에 자격증 공부라도 하려면 매번 새 책과 새 노트를 샀다. 새것을 사야지만 새로운 시작을 할 수 있을 것 같았기 때문이다.

그러나 언제나 계획했던 것만 빼고 다 이루어 진다고 하던가. 계획은 늘 흐지부지 끝났고, 새것이었던 노트를 애매하게 사용하고는 방구석에 쌓아 두었다. 다시 시작할 때는 또 새 노트들을 들였고. 그 덕분에 방 구석구석에는 종이 묶음이 여기저기 쌓여있다.
 - 영단어 외우겠다며 3장 쓴 수첩
 - 긍정적으로 살자고 1장만 쓴 감사 노트
 - 10장 쓰다 포기한 자격증 노트

- 7장 쓴 영화와 책 리뷰 노트
- 재테크 공부해보겠다며 2장 쓴 수첩
- 기타 등등, 기타 등등

나 정말 이것저것 많이도 했다. 시작만.
성취 중독자가 아닐까 싶을 정도였으나, 그 많은 것 중 제대로 마무리 지은 게 하나도 없다는 점을 봐서 성취 시작 중독자에 가까워 보였다.

#

쓰던 걸 안 쓰고, 무언가를 시작할 때마다 새로 노트를 산 과거의 내가 이해는 갔다.
쓰던 느트를 보는 건, 뭐 하나 제대로 마무리 짓지 못한 실패의 흔적을 마주하는 기분이 든다. 그래서 싹 다 버려서 잊고 싶어진다. 그런 적 없던 척하고 싶다, 애초에 그런 적이 없었다면 실패한 일도 없는 게 될 테니까.

더는 전과 같은 회피는 안 된다며 마음을 다잡았다. 다섯 장 이내로 쓴 노트들은 쓴 부분을 뜯어내 버렸다. 생각해 보니 잊고 싶은 걸 꼭 가지고 가야 할 필요는 없었다. 뜯고 보니 표지에 조금 손때가 탔을 뿐, 멀쩡했다. 다시 사용할 페이지가 첫 장이 되었다. 성실하지 못한 영어 공부의 실패 흔적이 뜯긴 종이와 함께 사라졌다.

10장 정도 이상 썼거나, 뜯어내면 너무 너덜너덜해질 것 같은 노트는 뒷장부터 쓰기 시작했다. 꼭 노트를 앞에서부터 쓸 필요도 없었다. 종이를 오른쪽으로 넘기냐, 왼쪽으로 넘기냐의 차이일 뿐이었다. 외국 서적들은 왼쪽으로 넘기는 책들도 있는데, 이국적인 기분도 느끼고 좋다.

이 글을 쓰기 위한 작업 노트도 이렇게 뒤 페이지부터 시작한 노트에 적었다. 반듯하게 글씨를 써야 한다는 피곤함도, 잘 써야만 한다는 느끼함도 없이 생각나는 대로 휘갈겨 쓰면서.

\#

뒤에서 앞으로 넘어가다 보면, 앞 페이지에서 멈춘 과거와 만나는 순간이 온다. 그건 과거와 현재가 이어지면서 한 권의 노트를 마무리 지어지는 순간이다. 취업준비를 위해 신문 스크랩한 앞 장과, 퇴사 후 아무거나 휘갈기고 있는 현재 장이 만난다. 아이러니함에 비식 웃음이 났다. '이 한 치 앞도 모르는 타보야. 너 제 발로 뛰쳐나오게 된다?' 과거의 나를 만나면, 취업을 못 해 이불속에서 끙끙거리던 나를 흠씬 놀려주고 싶다.

　과거의 마무리 짓지 못한 흔적을 다시 마주하는 게 꼭 고통스러운 일은 아니었다. 예전의 내가 쓰다 만 노트를 보며 그때의 시간을 만난다. 마치 옛 일기장을 보는 것 같다. 수치심에 이불 발차기를 하고 싶어질 때도 있고, 키득거리며 놀리고 싶을 때도, 그냥 바라봐주고 싶은 페이지도 있다.

　모든 페이지가 고통스럽지는 않았다.

#

그러니 새로운 삶을 살고 싶을 때, 꼭 이전 시간을 모두 지워야 할 필요는 없다. 노트 한 권에 꼭 한 이야기만을 쓸 필요가 없듯이. 몇 페이지 뜯어내도, 뒤에서부터 써도, 얼마든지 중간중간 다른 이야기를 새롭게 써도 한 권의 노트는 가득 채워진다.

다 쓰고 난 노트를 버리기 전에, 차르륵 넘기며 내가 쓴 것들을 본다. 어쨌든 뭔가 했다는 사실이 물증으로 남아 종이에 새겨져 있다.

질서 없이 휘갈겨 쓴 내용은 한 글자 한 글자 살펴보면 유치하기 짝이 없는데, 멀리서 넘기면 제법 엄청난 천재 작가의 습작 노트 같다. (물론 정말 빠르게 넘겨야만 한다.) 악필이라 내가 내 글씨를 알아보지 못하는 수준도 있지만, 오히려 그래서 다행이다. 이불킥할 일이 줄어서. 어차피 중요한 건 내가 이 종이들을 다 채웠다는 것과, 노트를 다 사용한 지금 기분이 좋다는 거니까.

마무리 지은 노트를 종이 분리수거함에 버린다. 다 쓴 노트는 책장에서 빠져나간다. 각별하면서도 시원하다.

10. (TIP) 작심삼일의
20년 일기 쓰기

: 꾸준히 쓴 '척'하는 성실함

\#

4년 동안 세 곳의 직장에 다녔다. 지금은 네 번째 직장에 다니는 중이다.

이렇게 툭하면 그만두는 내가 유일하게 꾸준히 한 것이 있으니, 바로 '일기 쓰기'다. 초등학교 3학년부터 썼으니, 어언 20년 넘게 쓴 셈이다.

물론, 나의 '꾸준히'는 조금 어중간하다. 이 성실함에는 함정이 있으니까. 그건, 20여 년간 20여 권의 일기장을 썼다는 게 꼭 매일 일기를 썼다는 건 아니라는 거다. 며칠에 한 번 겨우 쓸 때도 있었다. 한 달에 두어 번 쓸 때도, 심지어 1, 2월 착실히 쓰다가 중간은 텅 비어버린 채로 지나가고, 다시 12월에 쓰고 마무리 지은 일기장도 있다.

그게 무슨 꾸준히 쓴 거냐고 반박한다면, …예, 반박을 포기하겠습니다. 사실 내가 생각해도 조금 그렇긴 해요.

그래도 나는 그해에 일기를 썼다고 친다. 중요한 건 꺾이지 않는 마음이 아니라, 어쨌거나 조금이라도 썼으면 쓴 걸로 '치는' 정신 승리라고 합리화를 하면서. 부작용이라면 그 성실함을 아무도 모르고 나 혼자 안다는 것이겠지만 말이다.

그런데 일기라는 건 어차피 혼자만 아는 노트 아닌가.

불성실한 꾸준함이라도 뭐 어떤가.

나만 아는 꾸준함도 마찬가지고.

그래도 다시 볼 때, 중간이 텅 비어있으면 기분이 나지 않으니까, 아래는 정신승리하기 좋은 다이어리를 고르고 사용하는 방법을 적어 본다.

#. 정해지지 않은 다이어리를 사용하기

1. 날짜가 적히지 않은 다이어리
: 일기는 '일'을 기록하는 것이지,
그게 꼭 '매일'일 필요는 없다.

날짜와 요일이 페이지에 인쇄되어 있지 않은 다이어리를 추천한다. 일자를 내가 쓰는 다이어리는 한 달 후에 써도 바로 이어 쓸 수 있기 때문에, 자세히 살피지 않는다면 나의 불성실함이 티 나지 않는다! 완벽하다!

매일 쓸 필요는 없으니, 쓸 날을 정하는

건 내 마음이다. 의무감에 일기를 쓸 필요는
없다.

2. 경계가 없는 다이어리
: 쓰고 싶은 만큼만

줄이 나뉘어 있다는 건 행간이 정해져 있음
을 의미한다. 그 반듯한 선을 따라 써야 할
것만 같다. 선을 벗어나는 순간 지저분해 보
인다. 분량이 칸으로 나뉘어 정해져 있는 다
이어리는 어떻고. 하루를 채워야 할 분량이
정해진 느낌이다. 최소한 반절은 채워야 빈약
해 보이지 않고, 칸을 넘어가면 다음 날의
공간을 침범해 버린다.

그래서 나는 주로 **모눈이나 도트 (점)으로
된 속지의 다이어리**를 사용한다. 페이지를
꽉 채우고 넘어가도 좋고, 한 줄만 쓰고 끝
내는 것도 좋다. 글자일 필요도 없다. 선으로
나뉜 게 아니니 아무렇게나 낙서를 끄적이며

그림을 그려도 좋고, 그조차 하고 싶지 않을 때는 그냥 성의 없이 보고 온 영화 티켓을 붙여도 좋다. 오히려 대충 쓴 게 멋스럽다. 휘갈겨 쓴 글씨나 덕지덕지 붙어있는 영화표, 사진, 비딱 선들이 모이면 그럴듯 하다.

그렇게 어찌어찌 지나가 연말이 되어 넘겨 보면, 다이어리에 담긴 한 해의 나의 하루가 제법 근사해 보인다.

#. 다이어리에 쓸 말이 없다면
: 그날이 그날이고, 어제가 오늘같고, 아마도 내일 역시 오늘과 똑같을 게 뻔한 시기가 있다.

아니, 사실 대부분의 날이 그런 식이다. 일기에 남길만한 것이 하나도 없는 것 같은 날들. 그럴 때면 곧 잘 막막해지곤 한다. 괜히 쓰려다가 아무 사건도 교훈도 없이 지나간,

무의미하게 느껴지는 하루를 복기하며 더 기분이 침참해지기조차 한다.

그런 시기에는 굳이 하나의 '글'을 적을 필요는 없다. 아래는 그런 시기에 내가 말 그대로 '쓰기'에 목적을 두고 적은 것들이다.

- [3줄 글쓰기] 날씨 1줄, 일 1줄,
내 감정이나 느낌 1줄
*이를 활용하여 5줄, 6줄 글쓰기 등으로 쓸 수도 있다.

- [사실만 적은 리스트] 먹은 것, 지출 내역, 해야 할 일, 한 일, 만난 사람, 본 영화, 드라마, 웹툰, 유튜브 (옆에 출판사 방송사, 감독만 적어놔도 있어 보인다.), 예적금, 버킷리스트 등등
*꼭 감정을 적을 필요는 없다.
- [오늘의 오감] 길에서 들었던 소리,

길가에서 만난 고양이 색깔, 비오는 날의
습한 나무 향
*사건이 없다면 감각만으로 칸을 채워도
좋다.

- [지식/사회형] 생활 꿀팁, 헤드라인
뉴스, 새로운 정보, 다른 사람의 이야기
*내게 직접 일어난 일만 적을 필요 없다.
내가 사는 사회에서 일어난 일도 나의
일부이다.

- [필사형] SNS에서 본 문장이나 글귀,
재미있는 광고 문구, 마음에 닿은 대사,
말장난, 아재 개그 등
*꼭 멋진 문장을 적을 필요는 없다.

- [단어형] 머릿속에서 튀어나온 아무
단어들 무작위로 나열하기. 마치 선 없는

벤다이어그램처럼.
*꼭 문장으로 적지 않아도 된다.

– [낙서와 스티커] 오늘 내 상태, 상황과 비슷한 스티커, 졸라맨으로 낙서, 비딱히 눈 코 입만 그려보기
*단어 하나 적을 힘도 없는 날, 그날의 내 상태를 표현해 줄 스티커 하나를 붙이고 끝내도 충분하다.

#

아무 일도 없이 지난한 하루라고만 느껴질 때, 다이어리에 그 아무것도 아닌 것을 적고 붙이면 의외로 그날만의 무언가 있었음을 깨닫곤 했다. 생겨서 쓴 게 아니라 씀으로써 생기는 의미도 나름 즐겁다.

올 한 해 아무것도 한 게 없다고 느껴지는 연말, 이 아무것도 아닌 것들을 꼼수로 적은 다이어리를 쭉 펼쳐본다. 그렇게 '의외로 나 참 열심히 살았구나, 아니, 이게 올해 있던 일이었어?' 하며 놀라곤 한다.

불성실한 작심삼일형 일기가 '너 올해 참 애썼다'라고 부드럽게 감싸준다.

TO DO LIST
가계부
독서
웹툰
드라마
광고
3줄 일기
꿀팁
날씨
대충 쓰는 일기장
DIARY

11. 향수,
남이 준 물건의 즐거움

: 타인이 선물해 준 하루

누군가가 나를 아끼고 사랑하는 마음에

내 시간과 공간에 들여 준 물건이다.

내가 들인 물건으로는 이런 새로운 기분을

느끼지는 못했을 것이다.

덕분에 선물 받은 하루가 된다.

#.

한창 드라마 '응답하라 1988'에 빠져있던 때가 있었다. 드라마는 남편 찾기와 향수를 자극하는 소재, 특유의 유머감각으로 엄청난 흥행을 했는데, 이상하게도 내게는 의외의 장면이 기억에 박혀있다. 아버지 역을 맡은 성동일이 새끼손가락 한 마디 크기의 산삼이 들어 있는 산삼주를 애지중지하여, 몇십 년 동안 아무도 손 대지 못하게 하는 장면이다. 이 우스꽝스러운 애주가의 모습은 과장되었다 뿐이지, 어딘가 익숙했다.

먹지도 못하고 금이야 옥이야 바라만 보는 모습. 먼지가 뽀얗게 올라갈 정도의 시간을 머금은 술통이 방 정리를 하는 지금 불현듯 떠오른 것은, 그것과 참 닮은 무언가를 내 방 선반에서 발견했기 때문이다.

- 이건 대학생 때 받은 향수니까, 10년
됐나. 나름 푸릇푸릇한 나이라 복숭아
사탕의 달콤한 향을 받았네.
복숭아가 발효돼서 복숭아주가 됐겠다.

- 10년 지난 발효향수보다는 못하지만,
공무원 공부할 즈음 받은 거니까…
5년쯤 됐나? 묵직한 비누 향이 난다.
비누로 씻어낸 듯 깨끗하게 시험에서
떨어졌지.

- 아, 취준생 때 받은 4년 숙성된 바디
미스트다. 사람 사는 곳이 징글징글했나.
비 온 뒤 습기를 머금은 나무의 시원한
향이 난다.

- 첫 취업 선물로 받은 3년 산 향수는
성숙한 꽃과 화장품 향이 섞인 내음

– 작년 제주도에 같이 간 친구가 사준 동백꽃 향수는 나름 최신 향수다.

내 돈 주고 산 것은 없는데 많기도 하다. 하긴, 썼어야 닳지. 향수 뿌리는 날이 손어꼽을 정도였으니 줄어들 리가 없었다.

\#

성동일의 산삼주처럼 극진히 모시느라 사용하지 않은 건 아니다. 오히려 홀대하느라 쓰지 않았다.

내게 향수는 스스로 필요에 의해 사들인 물건이 아니라, 타인에게 선물로 받은 것들이었다. 당장의 내가 산 물건들도 못 쓰는 판에 누군가에게 받은 물건을 사용할 여유는 없었다. 그러니까 향수는 생필품이 아니라 사치품이었고, 내 삶은 사치를 부리기에는 숨막히게 퍽퍽하다 못해 마른안주처럼 쭈글쭈글했다.

　향수를 뿌린다는 게 큰 동작이나 힘을 요구하는 건 아니다. 다만, 향수를 제대로 사용한다는 건 **일종의 '머무름'**을 요구한다.
　향수를 뿌리는 건 꼭 커피를 마시는 것 같다. 출근하자마자 원두가 다 녹지도 않게 대충 부어서 흔들고는 한 모금에 털어 넣던 커피는, 커피를 마셨다기보다는 퀭한 눈으로 '생명수', '각성제'로 표현되는 것들이었다. 음미라기보다 투약에 가까운 행위다.
　제대로 '커피를 마신' 기분을 느끼려면 적당한 온도의 물에 원두를 충분히 녹이고, 표면에 얇게 올라오는 크레마와, 뽀얗고 뜨끈한 김을 따라 퍼지는 향을 맡으면서 천천히 마셔야 한다. 하지만 1분 1초가 급한 시간에 그런 머무름은 불가능에 가까운 일이었다.

향수도 마찬가지다. 안그래도 정신없는 출근 시간에 1초 만에 뿌리고 뛰쳐나가야 하는 향수라던 향이고 기분이고 나질 않는다. 천천히 향수 입자가 내 몸에 얹히는 걸 느꼈다가, 잠깐 숨을 멈추었다가 서서히 퍼지는 향을 들이마셔야 기분이 좋아진다. 하루의 시작을 돌보는 포근한 기분. 나를 생각하며 선물을 준 이의 마음을 떠올리고, 오늘 나를 잘 돌보겠다는 온전한 사치를 누려야 비로소 제대로 향수를 사용했다는 기분이 들었다.

역시 그럴 수 있는 잠깐의 머무름을 즐길 수 있는 하루는 너무 적었다. 물리적인 시간만을 말하는 게 아니라, 나와 나를 둘러싼 관계를 돌볼 마음의 여유가 없었다. 단 몇 초조차 늘 불안했고, 조급했다. 인류애는 사라진 지 오래였고, 그 인류 안에는 나 자신도 포함되어 있었다.

#

퇴사 후, 한입에 커피를 털어 넣을 필요가 없어졌다. 몇 개월 전부터 다니는 새로운 직장도 출근 시간이 늦어 아침에 커피 향을 즐길 시간은 충분하다. 물리적 시간의 여유는 마음의 여유까지 이어졌다.

비누, 숲, 동백꽃 향수를 일렬로 놓았다. 최소한의 양심으로 10년 지난 복숭아 향수와는 이별을 고했다. (그래, 스무 살의 향은 놓아 줄 때가 됐다. 너무 질척이면 그건 범죄다.) 뚜껑의 색이 바랜 것도 있었지만, 병 안의 향을 가득 담은 액체는 반짝이며 찰랑거렸다. (아마도) 향도 처음과 크게 변함이 없었다. 몇 년이나 눈길 한번 제대로 안 주고 발효주 취급이나 했는데, 여전히 향을 간직하고 있는 게 기특했다.

　그러고 보면 당시 내 온갖 징징거림을 받아 주던, 이 향수를 선물해 줬던 친구들도 곁에 있는 게 새삼스러웠다.

　그 시간을 선물 줬던 이들을 떠올린다. 펜과 노트 등 다른 물건들이 필요에 의해 스스로 사 모았던 것이라면, **향수는 타인에게 선물로 받은 물건이다. 누군가가 나를 아끼고 사랑하는 마음에 내 시간과 공간에 들여 준 물건. 나 스스로는 챙기지 않았을 것을 줌으로써 나를 돌보는 사치를 부릴 수 있기 해주는 물건.**

　요즘의 나는 천천히 향수를 사용하는 사치를 부리고 있고, 덕분에 새로운 즐거움을 알게 되었다. 내가 사지 않았기에, 오히려 새르운 리듬감이 있달까.

　비누 향은 화장실에 뿌린다. 동백 향은 너무 무겁지도 가볍지도 않은 것이 마치 모나미 펜처럼 만만하여 가장 자주 몸에 얹고 있다. 편안한 기분을 느끼고 싶을 때, 방에 물기 먹은 숲 향을 뿌린다.

물리적인 물건을 들이지 않았는데, 향기만으로도 새로운 공간으로 변한 기분이 든다. 어쩌면 내가 들인 물건만으로는 이런 새로운 기분을 느끼지는 못했을 것이다.

무색무취의 시간에 비누, 동백꽃, 숲 향이 입혀진다.

선물 받은 물건을 사용한 날은,

선물 받은 하루가 된다.

12. (TIP) 좋은 선물을 주고받는 방법

: 좋은 선물을 주고받는 건

좋은 관계를 주고받는다는 것

'어떤 선물을 줘야 할까?'

선물을 줘야할 때면 늘 고민한다. 나는 워낙 재미없는 사람이라, 받는 순간 감탄사가 나오는, 일명 '센스 있는 선물'을 줄 자신이 없다. 그런 내게 '좋은 선물'은 그나마 받는 사람이 '잘 사용할 수 있는 선물'이다.

'어떤 걸 줘야 잘 사용할까?'

유독 선물로 받은 물건 중에 방구석에 쌓아 둔 것이 많다. 내가 사용하지는 않는데, 준 사람의 마음을 생각하자니 차마 버리지도 못한 것들. 아마 내가 준 선물 중에서도 방구석

자리만 차지하게 된 선물도 많을 것이다.

그런 면에서, **사용하지 않는 선물은 서로에 대한 오해와 무지로 발생하는 건 아닐까.**

서로의 취향, 취미, 좋아하는 것, 싫어하는 것 등을 제대로 알지 못한 채, 사용하지도 않을 선물을 떡하니 '너를 위해' 준다고 말하면서.

하지만 이왕에 주는 선물인데, 마음만 주고받는 게 아니라 상대가 잘 사용도 하면 더더욱 서로가 행복한 일이 아닐까. 보이지 않는 '상대와 나의 관계'라는 관념을 가시적인 물성으로 건네는 것을 선물이라고 한다면, **좋은 선물을 준다는 건, 좋은 관계를 건네고 받는다는 의미일 것이다. 좋은 선물은 좋은 관계에서 나온다.**

나를 잘 표현하고, 상대를 잘 피는 관계.

나에 대해 말할 줄 알아야 하고, 상대의

말과 행동을 잘 담아두어야 한다. 말하자면
관심과 배려랄까.

뻔한 이야기다. 하지만 뻔한 것이야말로
가장 잘 잊게 되는 것이도 하다.

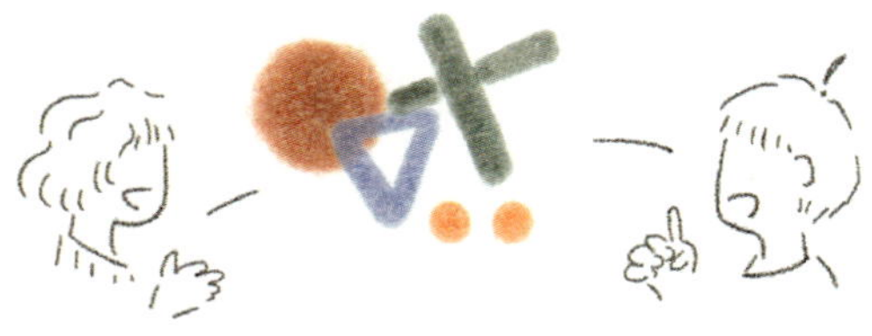

1. 좋은 걸 좋다고, 싫은 걸 싫다고
표현하기

내가 좋아하는 게 무엇인지 스스로 살필 줄
알고, 내가 좋아하는 걸 좋아한다고 말할 줄
알아야 한다.

꼭 선물을 콕 집어 이야기할 필요는 없다.
평소에 함께 밥을 먹고, 이야기를 나누고,

여행을 가고, 옷을 입을 때 툭- 내가 좋아하는 걸 좋다고 명확히 말하는 거다.

나는 치즈를 무척 좋아하는데, 하도 여기저기 말하고 다녀서 주변에서 기프티콘 음식 선물을 줄 때는 다들 '치즈 맛'의 무언가를 준다. 10년째 치즈케이크를 생일에 사주는 친구 덕분에 나는 10년째 행복하다.

좋아하는 게 명확할 수 있지만, 웬만한 건 다 그럭저럭 좋아하는 경우도 있다. 그럴 땐 적어도 '이것만큼은 난 별로 안 좋아해.'를 평소에 말해두면 사용하지 않을 선물을 받는 걸 방지할 수 있다.

가령, '난 이 색은 정말 안 맞아.'라든가 '나는 다 잘 먹는데 매운 것만큼은 못 먹어.' 라든가 '난 너무 단조로운 건 싫어.'같이.

내 친구는 나와 성향이 정반대라 무채색의 무언가는 좋아하지 않는다. 관계 초창기에 그걸 모르고 '무난한 게 최고!'라며 무채색을 선물하던 나는, 점점 그 친구가 입는 옷이나 평소 예쁘다고 하는 물건들을 보면서 요즘은 '핫'한 색의 물건을 선물로 준다. 만나는 날 친구가 내가 준 선물을 하고 나오면 그렇게 뿌듯할 수가 없다.

2. 상대의 좋고 싫음을 잘 담아두기

내가 표현하는 것처럼, 상대도 일상에서 분명히 자신의 성향을 표현했을 것이다.

요즘 관심 있어 하는 취미나, 좋아하는 색이나, 휴식을 취할 때 꼭 차를 한 잔씩 마신다거나, 너무 일이 힘들어 기력이 없다거나, 무서운 걸 못 본다거나, 어떤 종류의 음식을 싫어한다거나.

이렇게 상대의 말과 행동을 잘 담아둬야 하는 이유는 시간이 흐르면서 사람의 취향도 바뀌기 때문이다. 우리는 오래되고 친한 관계일수록 상대를 잘 안다고 생각한다. 하지만 당장 나부터도 변했는걸. 좋아하는 것과 싫어하는 것, 그리고 필요한 것과 사용하지 않을 것들도 바뀐다.

오래 관계를 유지하기 위해서는 서로의 변화를 함께할 수 있어야 하는 것처럼 선물을 주고받음에 있어서도 마찬가지다.

3. (TIP 속의 TIP) '시기'와 '상황'을 담기

상대의 취향과 성향을 고려하여 선물을 줄 수도 있지만, 또 하나의 방법은 **상대의 '시기'와 '상황'을 고려한 선물**이다.

한창 너무 기력이 없어 늘 축 처져있었다. 그렇지 않은 척해보려 했지만, 그 모습이 친구의 눈에는 티가 났었나 보다.

복날, 친구가 선물을 보내왔다. 요즘 너무 힘들어 보인다며, 힘내라는 말 대신 물건으로 전해진 그녀의 마음은… '삼계탕'이었다. 나는 웃음이 터지고 말았다. 그 삼계탕은 당연하게도 따뜻하고 깊게 맛있었다. 열 시간동안 고아낸 국물이 아니라 간편 식품인 건 전혀 상관 없다. 내가 누군가에게 관심과 배려를 받고 있다는 게 그 선물에 담겨 있었으니까.

복날이라는 '시기'적인 요인도 절묘해서 재미까지 있었다. 아마 두고두고 잊지 못할 선물이 될 것이다.

때로는 그 사람의 취향이나 성향보다, '내가 당신을 잘 바라보고 있다, 늘 너의 옆에 있다.'를 표현할 방법으로 상대가 지금 어떤 시기를 보내는지 살피어 깜짝선물을 건네는 것도 상대가 잘 사용할 수 있는 선물을 주는 방법이 될 수 있는 것임을 친구의 살핌을 통해 알았다.

13. 중고물건, 중고인간?
오히려 좋아

: 남이 쓰던 물건을 사용하는 즐거움

누군가에게는 잘 쓰이지 않는 물건이

누군가에게는 꼭 맞는 것처럼,

일터 역시 어느 한 곳이 맞지 않는다고

해서 다른 곳에서도 그런 건 아니었다.

따지고 보면 삶이 다 중고이면서 동시에

새로운 것들이 반복되는 셈 아닌가.

#

길거리에서 핸드폰을 보는 척, 남모르게 다른 사람들을 힐끗거린다. 핸드폰을 누르며 누군가와 연락을 주고받는 것 같기도 하다. 이윽고 쇼핑백을 들고 있는 사람을 발견하고 천천히 다가간다. 여전히 표정은 무심하고 덤덤하다. 밀거래의 한 장면 같다. 언제든 발을 뺄 수 있는 사람처럼 애매한 경계에 서 있는 이의 몸짓이 은밀하다. 가까이 다가가자 상대도 그를 본다. 마주친 둘 사이의 미묘한 눈빛에서 언령 같은 것이 흐른다. 서로의 눈에서 그것을 읽고 나서야 그의 표정은 한결 여유로워진다.

그는 수줍게 웃으며 묻는다.

"저... 혹시, 당근?"

해가 갈수록 걷잡을 수 없게 오르는 물가에 먹고사는 일이 퍽퍽하다. 전과 같이 먹고 살아도 통장을 빠져나가는 지출액은 늘어감간다.

나만 그런 건 아닌지, 채소 이름의 중고 마켓 플랫폼에서 본격화 되었던 중고거래는 이제 오프라인에서도 활성화되었다. 길거리에서도 중고 가구, 가전 판매점이나 리퍼 마켓을 쉽게 찾아볼 수 있고, 늘 사람들이 붐비곤 한다.

대형 오프라인 마트 마감시간이면 스티커가 붙던 '유통기한 임박 상품'은 대형 온라인 판매 플랫폼에도 따로 코너가 만들어졌을 정도다. 아예 떠리 품목만 파는 사이트도 무럭무럭 몸집을 불려가고 있다.

#.

몇 년 전, 갑자기 근무지를 옮기며 자취를 시작했다. 조금이라도 싸게 사려고 중고 매장을 돌며 발품을 팔았는데, 정작 들인 노력에 비해 중고물건을 잘 사용하지는 않았다. 기껏 사서 한두 번 쓰다가 구석에 처박아 놓는 게 대부분이었다. 이유는 간단했다. 별로 쓰고 싶은 마음이 들지 않았으니까. 중고 물건을 쓸 때마다 마음 한편이 초라해졌다.

'나는 언제까지 남이 쓰던 물건이나 쓰고 살아야 할까.'

이런 초라한 마음을 정당화 하기 위해서 더욱 강박적으로 가장 싼 것으로 샀다. 딱 봐도 하자가 조금 있을지라도 말이다. 처음부터 잘 쓸 생각으로 들이지 않았던 것이다.
　- 어차피 회사에서 야근하고 집에선 잠만 잘 텐데, 가장 싼 걸로 사자.

– 오래 쓸 것도 아닌데.

– 어차피 좀 쓰다 버리면 되지.

– 나중에, 진짜 내 집을 갖게되면 그때.

그렇게 들인 물건들은 죄다 언뜻 보면 멀쩡해 보이지만 자세히 보면 묘한 하자가 있었다.

바퀴가 달린 이동식 정리함은 바퀴 하나가 고장 나서 이동식이 아닌 고정식 정리함이라든가, 소형 냉장고의 냉동실에는 절반 넘게 성에가 가득 차서 초소형 냉장고가 된다든가, 앞에서 볼 때는 멀쩡한데 뒤 나무판에는 여기저기 흠이 나 있어 조심해야 하는 전신 거울이라든가.

멀리서 보면 희극, 가까이서 보면 비극이라는 게 꼭 물건에도 적용될 필요가 있나 싶었다.

집에 들어왔지만, 집 안을 가까이에서 살피고 싶지는 않았다. 오자마자 옷을 허물 벗듯 내던지고, 초초소형 냉장고 앞에 앉아 아무거나 전자레인지에 돌려 입에 쑤셔 넣고 잠들었다.

언뜻 보면 멀쩡해 보이지만 가까이에서 보면 엉망진창이었던 건 물건이 아니라 내 일상이었는지도 모른다. 멍하니 바닥에 앉아 야식을 먹으면 괜히 서러웠다.

중고 물건 사이에서 지내는 내 모습이, 꼭 내 삶 자체가 남이 쓰다 버린 중고 같았다. 보고있자면 한숨만 나왔다.

"하자투성이야."

자기 비하가 극에 달했다. 누가 강매한 것도 아닌데, 내 손으로 사놓고는 그 중고 물건들이 꼴도 보기 싫었다.

한 치 앞도 모르고 말이다.

#.

몇 년 뒤, 프로 자기 비하인은 중고물건 예찬론자가 되었다.

무언가 꼭 사야 할 일이 생길 때면, 앞서 말한 채소 플랫폼이나 집 앞의 보세 옷가게를 먼저 둘러본다. 집 근처의 보세집에서 중고 샌들을 3천 원 주고 구매해서 여름 내내 매일같이 신었다. 회사를 그만두고 본가에 돌아오니 좌식 화장대가 필요해서 2칸짜리 사각 책장을 중고로 샀다. 가로로 눕혀서 상단에 화장품을, 안에는 책을 정리했다. 밝은 오트색이 다른 밝은 가구인 옷장이나 책상의 색감과도 잘 어울렸고, 위에는 집에 있던 하얀 천을 깔고 나니 더욱 그럴듯해 졌다.

달라진 점은 물건을 들이는 태도였다. 싸다는 이유만으로 덥석 '저 구매할게요.'라는 메시지를 날리지 않는다. 잠깐 쓰고 버릴 물건이 아니라 내가 정말 오랫동안 잘 사용할 수 있는 물건인지 생각해 본다. 관심과 사랑이 꼭 사람에게만 필요할 건 아니었다.

하기야, 내 삶도 중고 그 자체다. 회사를 그만둔 지 세 번째다. 네 번째 직장에 다니고 있다. 백수도 그런 중고 백수가 없었고, 또 신입도 이런 중고 신입이 없다. 그런데, 그게 딱히 슬퍼할 일인가.

첫 회사에서 나올 때, 회사에 적응하지 못한 내가 너무 못나 보였다. 스크레치가 난 가구처럼.

두 번째에서는 제법 잘 맞았지만 욕심이 났고, 세 번째에서는 초라할 정도로 첫 회사보다 적응하지 못 했다.

지금 네 번째는 아주 꼭 맞는 맞춤형 신발 같다. 적당히 폭신하고, 알맞게 걸어갈 수 있다.

누군가는 계약직보다 정규직을 해야만 안
정을 찾을 수 있다고 한다. 그러나 나는 정
규직일 때보다 계약직인 지금 훨씬 덜 불안
한 아이러니를 누리고 있다.

누군가에게는 잘 쓰이지 않는 물건이 다른
이에게는 꼭 맞는 것처럼, 일터 역시 어느
한 곳이 맞지 않는다고 해서 다른 곳에서도
그런 건 아니었다. 역시 같은 이야기로, 모
두가 좋다는 물건이 내게는 잘 사용하지 않
는 물건일 수도 있다.

#

따지고 보면 삶이 다 중고이면서 동시에 새로운 것들의 반복이다. 더구나 나는 세상에 없던 새로운 걸 만들어내는, 요즘 기업들에서 그렇게 외쳐대는 혁신적이고 창의적인 인재와는 은하계만큼 거리가 있는 인간이니까. 하지만 반대로 생각해 보면, 중고라는 건 어쨌든 끝나지 않고 계속 여기저기에서 사용된다는 반증이기도 하다. 잘 맞는가의 문제일 뿐이다.

중고 물건을 잘 사용하고 있다.

중고 인상이라는 말도 초라하게 다가오지 않는다. 오히려 괜히 어깨가 으쓱해진다.

나, 제법 생활력 강한 중고 인간인걸.

14. (TIP) 잘 사용할 중고 물건을 고르는 방법

: 삶의 공유

어쩐지 중고 물건은 유독 대충 사게 되곤 한다. 그러나 잘 사용할 중고물건을 고르기 위해선 새 물건을 살 때와 똑같이 내 공간에 둘 물건에 책임을 다해야 한다.

특히 '잘 사용하기'위한 물건을 사기 위해서는 꼭 점검해야 할 게 2가지 있다.

바로, **'나의 상태를 점검하는 것'**과 **'물건의 상태를 점검하는 것'**이다.

#. 나의 상태를 점검하기

1. 이 물건이 내 생활 방식에 적합한가?

너 사례를 보자면 요리할 시간도 없는데 오븐을 산다거나, 한두 달에 한 번 운동할까 말까인데 러닝화를 사려고 했던 식이다.

사용은 지금 당장이다. 앞으로 잘 사용할 것 같은 미라 지향성이 아니다.

2. '싸서' 사려는 건 아닌가?

증고 앱에 들어가 스크롤을 내리면, 거저처럼 느껴지는 물건이 수두룩하다. 싸다는 건 자본즈의 사회에서 인간의 마음을 너무나 쉽게 휘어잡곤 한다.

하지만 결국 싸다는 이유만으로 구매한 물건은, 그 거저의 가격만큼도 사용하지 않게 되는 경우가 많았다.

#. 물건의 상태를 점검하기

　정말 필요에 의해 중고 물건을 사기로 마음먹었다면, 아래 사항들을 확인하면 좀 더 꼼꼼히 내게 맞는 물건을 살 수 있다.

1. 제조 연도

　특히 전기를 사용하는 가전제품의 경우 제조연도를 꼭 확인하자. 당장은 하자가 없어 보여도 제조 연도가 오래된 것은 금방 고장이 나곤 한다. 중고 물건의 특성상 무상 수리를 받기 어려운 경우가 많다.

　오히려 수리비가 새 물건을 사는 것만큼이나 나오는 불상사가 생길 수도 있다.

2. 당장의 깨끗함

　때와 먼지, 기름같은 것이 낀 물건을 잘 닦아서 주겠다는 경우가 있다. 조금 허름하지만 대신 싸니까, 깨끗하게 해서 준다니까 구매한 적이 있었다.

그러나 조금만 사용하다 보면 알게 된다. 평소 깨끗이 사용하지 않았다는 건 물건을 소중히 대하지 않았다는 것이라는 걸. 신기하게도 함부로 사용한 물건은 반드시 나중에 티가 났다.

3. 이음새, 마감. 바느질

특히 의류에서 가격이나 디자인, 크기만 보고 샀다가 처음에 낭패를 보곤 했다. 옷은 섬유의 결합이다. 그 기본적인 결합이 느슨하다면, 전치적으로 질이 좋지 못한 상태일 가능성이 높다. 기본이 좋지 못한데 그 외의 것들이 좋을리가 없다.

부디 나처럼 길 한가운데에서 니트의 올이 풀려있다는 걸 발견하지 않기를.

4. 판매 사진의 다양성

물건의 앞, 뒤, 옆, 위, 아래, 내부 등의 사진을 요청해서 꼼꼼하게 살피자.

특히 온라인으로 물건을 확인해야 할 때, 정면 하나만 찍힌 물건은 피하는 편이다. 꼭 마음에 들면 상대에게 다양한 각도의 사진을 요청하곤 한다. 만약 상대가 거절한다면 비록 아쉽더라도 '이건 내 물건이 아니구나'라며 포기한다. 굳이 모든 물건을 다 들여야만 할 필요는 없다. 일주일만 지나도 기억에도 나지 않는다.

#

중고 물건을 사고팔다 보면, 때로는 '그냥 버리고 말지' 싶을 정도의 가격에 거래되기도 한다. 하지만 충분히 사용될 수 있는 물건이 버려지는 대신, 필요한 다른 누군가 사용한다는 사실을 떠올리면 어쩐지 안심이 된다.

그러니 더욱 책임을 가지고 꼼꼼히 살피고 들이자고 다짐한다.

타인에게서 타인으로 건너가는 물건.

중고 물건을 쓴다는 건,

마치 삶을 공유하는 것일지도 모른다.

15. 사용라이프,
그냥 '라이프'

: 내 몸을 사용하기, 살아가기

더 이상 물건에 잡아먹히지 말자고
생각했다. 무기력하게 누워만 있는 대신
물건을 하나씩 사용해 가자,
자연스럽게 몸도 일으키게 되었다.
사용라이프는 어쩌면 삶, 그냥 '라이프'
자체인지도 모른다.

\#

물건을 사용하기 위해서는 결국 몸을 움직여야 한다.

나 같은 게으름뱅이에게 세상 그 어떤 물건보다 내 몸을 사용하는 거야말로 가장 애써야 할 일이다. 곡소리를 내고 한참동안 이불 안에서 비척거리다가도 꾸물꾸물 일어나야만 한다.

시간을 굳이 내어 책상에 앉아 노트를 펼친다. 디지털 화면에 손가락으로 터치하는 대신, 굳이 만만한 모나미 펜을 손에 쥐어 손목부터 손가락까지 적당한 힘을 준다. 펜 끝에서 잉크가 종이의 섬유로 퍼져 나간다. 자음과 도음이 써지고, 시간이 이어지며 단어와 문장이 써진다. 일기의 문장을 이어나가기 우해, 내 몸을 바지런히 움직였던 하루를 복기 한다.

애써 몸을 일으켜 냉장고에서 토마토를 꺼내 대충 썰어 프라이 팬에 굽는 동안, 계란 2개를 꺼내 소금 한 꼬집을 넣고 휙 젓는다. 그걸 토마토에 붙고, 그 위로 지난주에 사 두었던 모차렐라 치즈를 올린 뒤, 마지막으로 내 게으름을 보완해 줄 시판 스리라차 소스까지 얹으면 근사한 브런치가 완성된다.

위험천만하다는 집 밖에 나가기 위해 가장 편하게 느껴지는 밴딩 바지에, 하얀 카라티를 입는다. 앉아서 다리를 휘저어도 막힘이 없다. 오늘 움직일 나의 몸을 거울을 보며 확인한다. 걸리는 것이 없다. 가뿐하다.

이런 가뿐한 기분을 더욱 새롭게 하기 위해 목 뒤쪽으로, 머리 위로 향수를 두 번 뿌린다. 식— 소리와 함께 작디작은 향수의 입자가 내 몸을 감싸는 게 느껴진다. 무탈한 하루가 되기를 바라는 마음을 담아 뿌린 동백 향이 적당히 달고, 적당히 가볍다.

\#

물건을 마구잡이로 들이기만 할 뿐 사용하지 않고 쌓아만 두던 때가 있었다. 공간과 시간의 밀도감을 여유 없이 꽉 채운 맥시멀의 삶. 당시의 나는 물건에 몸이 짓눌려 꿈쩍도 하지 못 했다.

물건을 하나씩 사용해 가면서, 무기력하게 누워만 있는 대신 자연스럽게 몸도 일으키게 되었다. 덕분에 방구석에 누워 내 몸의 사용을 포기하는 대신에, 지금 움직일 수 있는 범위 내에서 꾸물거리려 애쓰고 있다. 꼼짝도 않는 굼벵이에서 꾸물거리는 굼벵이가 되려 노력이라도 하게 됐달까.

남이 내 몸을 마구잡이로 사용하게 내버려두지 말고, 새끼 손가락 까딱 정도라도 좋으니 주도권을 가지고 몸을 움직이려고 노력하면서 살아있다는 느낌을 받는다. 사용되지 않은 채 벽에 묵직이 처져있는 대걸레 대신, 바싹한 햇빛 냄새가 나는 마른 수건이 된 기분이다. (물론, 여전히 그 다짐은 자주 흔들리고 때로 축 처진 걸레가 되기도 하지만, 또다시 마른 수건이 되는 날도 있으니까.)

#

몸과 마음을 움직이면서 생각한다.
사용라이프는 어쩌면 삶,
그냥 '라이프' 자체인지도 모르겠다고.

사용라이프를 마음먹으며 떠올린 중간의
이야기를 생각한다. 내가 궁금해하던 중간
이야기는 거창한 게 아니었다는 걸.

그건 지금에서 움직이고, 보고 맛보고 맡는
감각을 누리는, 진부하면서도 새롭기 짝이
없는 '살아가는 모습'에 가까울지도 모른다.

삶이란 대부분 그런 진부하고 어중간한 시간이라 믿는다. 우리가 말하는 '일상'이 바로 그런 거니까.

원래 그런거니까 그 어중간한 시간을 꼭 꽉 채우거나 비워낼 필요는 없다. 그저 어중간하게 채우고, 적당히 느슨하게 쓸 때, 몸도, 물건도, 시간도 충분히 사용할 수 있을 것이다.

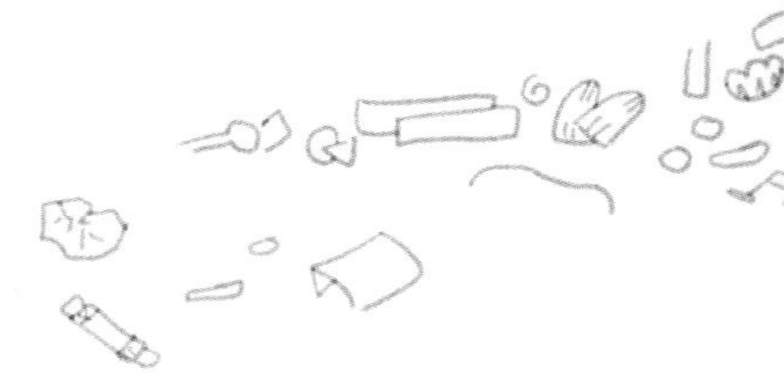

16. (TIP) 단순하고 건강하게 몸을 사용하는 법
: 게으름뱅이의 몸 사용법

운동을 하면 좋다는 걸 알지만, 귀찮음 가득한 인간은 큰 마음을 먹어야만 각 잡고 할 수 있다. 완벽한 비율의 탄단지 구성의 식단도, 저속노화도, 내 몸을 건강하게 사용하기 위한 수많은 이론은 알고 있지만 역시 언제나 그렇듯, 실천이 어렵다.

여기서는 간단하면서, 지금 당장 할 수 있는 몸을 건강히 사용할 수 있는 세 가지를 적어보려 한다. (쓰고 보니 어쩐지 홈쇼핑 광고같은데 몸을 쓰는 데 별도의 돈은 들지 않는다.)

1. '어깨를 내린다'라고 생각하기

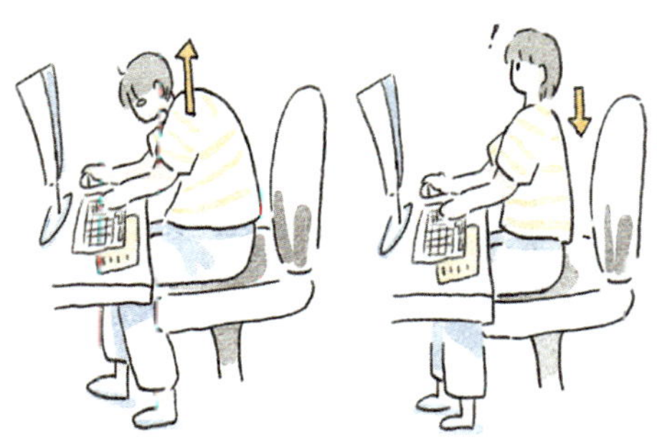

필라테스 원데이 클래스를 하다 배운 건데 제법 유용하다.

'허리를 반듯이 펴야지.'대신, '어깨를 아래로 내려야지.'라고 생각하면 어깨가 내려가며 자연히 허리가 펴진다. 어깨를 귀에서 멀어지게 한다고 생각하면 쉽다.

2. 아침에 눈 뜨자마자 하늘 보기

꼭 나가서 볼 필요는 없다.

잠옷 차림에, 부스스한 머리에 침자국이 묻은 얼굴로도 가능하다. 눈을 뜨면 스마트폰 대신, 가장 먼저 베란다 문이든 창문이든 열어 하늘을 한 번 보는 거다.

잔잔하게 잠이 깨며 머리가 맑아지고, 하루의 시작이 제법 괜찮게 느껴진다.

3. 1분이라도 눈을 감고 있기

사실 잠을 푹 자는 게 좋다는 걸 모르는 사람은 없다. 그럴 수 없을 뿐이지.

점심시간이나, 회사 업무 중간중간 낮잠을 10분만 잘 수 있다면 얼마나 좋을까. 아니, 딱 5분만이라도 편하게 누워있고 싶을 때가 간절하다. 하지만 그게 쉬울 리가 없다. 거의 불가능 하다고 봐야 겠다.

그럴 땐, 아주 잠깐 그냥 '눈을 감고만' 있어도 눈의 뻑뻑함을 푸는 데 많은 도움이 된다. 슬쩍 고개를 숙여 업무를 고민하는 것처럼 이마를 짚어보자. 짜증 내며 찌푸리고 손으로 눈을 벅벅 문지르며 감는 게 아니라, 천천히 숨을 쉬며 인상 찌푸리지 않고 눈을 감는다. 1분. 그 잠깐의 시간 눈을 감고 있던 것만으로도 오후의 시간이 훨씬 맑아진다. (상사가 갑자기 나를 부른다면 곧바로 태풍이 몰아치며 앞이 깜깜해지겠지만.)

#

물건만 쓰기에 편하고 쉬워야 사용하게 되는 건 아니었다.

디자인만 화려하거나 최첨단 기능을 지닌 제품일지라도 편하지 않으면, 쓰지 않고 구석에 밀어 둔다. 먼지가 끼고, 고장이 난다.

몸의 사용 역시 마찬가지였다.

내 몸도 작지만 간단한 방법으로, 건강한 사용을 하나씩 늘려가는 게 중요했다.

Epilog.
어, 중간의 사용라이프
: 삶의 맥시멀과 미니멀,
그 어중간에서 살아가기

\#

황희 정승의 하인 둘이 다투었다. 첫 번째 하인이 자신의 억울함을 토로하자 황희가 대답했다.

"네 말이 맞다."

그러자 다른 하인이 억울함을 호소했고, 그는 다시 말했다.

"네 말도 맞다."

그것을 보던 황희 정승의 부인이 "같은 일에 판단이 다르다니 왜 둘 다 맞다고 하느냐."라고 하자 황희 정승은 또 말했다.

"부인 말도 맞소."

#

이 이야기에 대한 나의 감상은 단순했다. '와, 이런 사람이 내 주변에 있으면 진짜 화딱지 나겠다.'

위인전이고 뭐고, 황희 정승의 태도가 못내 못마땅하였다. 그런 모호하고 어중간한 태도는 누구나 쉽게 할 수 있는, 그저 비겁한 회피에 불과한 거라고 여겼다.

그러나 점점 알게 되었다. 나야말로 그 어중간 중에서도 어중간한 인간이라는 걸. 그런데 정말로 듣다 보면 이 사람도 저 사람도 갖는 말이고, 이것도 저것도 명확한 답이 아닐 때가 닳지 않나? 아닌가. 이것도 내가 어중간해서 답을 내리지 못하는 건가.

#

하긴, 나는 다른 많은 일에서도 확실하게
살아내지 못하곤 했다.

— 공무원 시험을 포기했지만, '공'이 붙은
직장을 포기하지 못하고 중간 지대라는
기관에 입사하였다.

— 사람이 싫다면서도 시골살이를 택하진
못하고 어중간하게 적당히 사람있는
(그리고 적당히 없는) 도시에 산다.

— 정년 보장 직장을 때려치우곤 프리랜서
준비를 한다거나, 백수로 살지 못하고 또
어중간한 계약직으로 새 직장을 구했다.

— 글도 쓰고 낙서도 하고 싶어서 둘 다
어중간하게 섞는다.

- 가득 쌓인 물건은 답답한데, 버리지는 듯한다.

- 삶을 맥시멀하게 채우지도 미니멀하게 비우지도 못한 채, 어중간하게 산다.

그래서 어떤가 하면… 아무런 일도 일어나지 않았다. 아니, 정확하게 말하자면 일이 일어나긴 했는데 꼭 나쁘지는 않았다. 오히려 생각지도 못한 제법 좋은 길들이 나타나기도 했다.

되려 어중간한 선택을 했을 때 제대로 흘러가고 있다는 느낌을 받곤 한다. 극단적으로 치열하면 나가떨어지고, 한없이 여유롭게 지내자면 조급증이 올라와 불안해지고 마는데, 그 중간에서는 그럭저럭 만족에 수렴한다. 물론, 가끔(사실은 자주) 이리저리 흔들리기도 하지만, 결국 어중간한 위치로 돌아온다.

한쪽 이야기를 들으면 그 말이 맞고, 다른 쪽 이야기를 들으면 또 그 말이 맞다는 건 어떤 중간 이야기를 듣느냐에 따라 그 말이 맞지 않기도 하다는 뜻일 것이다.

'기'와 '결'만으로는 이야기의 진실을 알 수 없을 테니까. 어떤 삶이 맞는지는 어떤 중간 이야기를 쓰느냐에 달려있고, 황희 정승의 하인들처럼 각자가 다르게 쓰기 때문에 쓰는 사람만이 알 수 있을 것이다. 그러니 내게 맞는 이야기는 나만이 찾을 수 있다.

#

아직 가득 채운 맥시멀의 삶이 맞는지, 가볍게 비운 미니멀의 삶이 맞는지 결정하지 못했다. 둘 다 맞고, 둘 다 내게는 맞지 않는 이야기다. 두 극단에서 떨어져 나간 나는, 사이 틈에서 하나씩 사용해 가며 지낸다.

어쩌겠나. 역시 어중간한 인간은 어중간하게 살 때가 가장 행복한 법인걸.

아직 이 이야기의 끝이 어떻게 마무리될지는 모른다. 어차피 이미 내가 가지고 있는, 사용해야 할 물건은 차고 넘치니까 벌써결말을 고민할 필요는 없을 것 같다.

어쩔 수 없이 사게 될 앞으로의 물건까지 가늠해 보면 아마 평생토록 어중간하게 이리저리 흔들릴 테니까, 나름의 이야기를 어찌어찌 채워갈 수 있을 거라 믿어 본다.

사용라이프

초판 1쇄 발행 2024년 11월 4일

글. 그림   어찌
편집. 디자인   어찌
펴낸곳   무지 출판사
전자우편   jnjnk24@gmail.com

ISBN 979-11-989976-0-9 (03810)
정가   14,000원